로크미디어가
유혹하는
재미있는 세상
ROK MEDIA
로크미디어

로또부터 장군까지 1권

2023년 6월 20일 초판 1쇄 인쇄
2023년 6월 23일 초판 1쇄 발행

지은이 게르만
발행인 강준규

기획 이기헌 왕소현 임동관 박경무 강민구 조익현
책임편집 오영란
마케팅지원 이원선

발행처 (주)로크미디어
출판등록 2003년 3월 24일
주소 서울시 마포구 마포대로 45 일진빌딩 6층
Tel (02)3273-5135 **Fax** (02)3273-5134
홈페이지 rokmedia.com **E-mail** rokmedia@empas.com

값 9,000원

ISBN 979-11-408-1199-1 (1권)
ISBN 979-11-408-1132-8 04810 (세트)

ROK MEDIA
로크미디어
소위로부터 장군까지
게르만 현대 판타지 장편소설
1

CONTENTS

Chapter 1

"시팔……."

대한의 나이 서른여섯.

벌써 삼십 중반의 나이.

결혼은 안 했다.

아니 못 했다는 게 맞는 말일 테지.

그도 그럴 게 대한은 벌써 다섯 번째 소령 진급 심사에서 떨어졌으니까.

이젠 더 떨어질 때도 없다.

남은 건 전역뿐.

근데 이대로 사회로 방출되면 내가 할 수 있는 게 있긴 할까?

진급 심사에 미끄러진 날, 대한은 홀로 BOQ에 짱 박혀 술만 마셨다.
불공평한 세상.
진짜 열심히 했는데.
학군단 출신이지만 열심히 하면 진급할 수 있을 거란 말에 진짜 열심히 했다.
현실에서 대한이 등을 비빌 수 있는 곳은 오직 군대뿐이었으니까.
근데 그런 군대가 날 버렸다는 생각에 술 없인 버틸 수가 없었다.
"후우우…… 족 같다, 진짜……."
어디서부터 잘못된 걸까?
첫 발령지에서 거지같은 상관을 만나서?
아니면 소대장 시절, 병신 같은 소대원들을 만나서?
곱씹어 보면 진급 누락의 이유가 될 만한 것들은 수두룩했다.
그래도 열심히 했다고 생각했는데 참…….
어쩔 수 없다.
군대라는 곳은 혼자 잘한다고 되는 곳이 아니었으니까.
쿵!
취기를 못 이긴 대한이 방바닥에 쓰러져 잠든다.
내일이 오지 않았으면 좋겠다.

✱

덜컹!

"어흑!"

순간의 덜컹임에 대한은 앞좌석에 머리를 박고 일어났다.

"죄송합니다~."

운전기사가 사과를 했고 대한은 멍한 표정으로 주변을 응시했다.

'뭐야? 꿈?'

주변을 쭉 둘러본 대한은 멍했던 정신이 일순 맑아지는 걸 느꼈다. 분명 BOQ에 있어야 할 자신이 웬 버스 안에 있었기 때문이다.

"아, 뭐야……."

그때 미처 인지하지 못하고 있던 옆자리 남자가 불평과 함께 몸을 뒤척였다.

군복과 두발 상태를 보니 군인인 것 같은데…….

그 순간, 대한의 눈이 휘둥그레 커졌다.

'심형준?'

군복 윗도리에 박힌 명찰에는 분명히 그렇게 적혀 있었다.

그리고 자신이 아는 심형준은 딱 한 사람뿐.

'공병학교 동기 심형준…… 걔가 왜 여기에?'

놀란 마음에 얼굴을 살펴봤더니 맞았다. 근데 왜 이렇게 젊어?

'얘 심형준 맞아? 동명이인 아니고? 아니 근데 자세히 보니까 얘 젊었을 때랑 똑 닮긴 했는데…….'

지이잉—

그때, 주머니에서 진동 소리가 울렸다. 휴대폰이었다.

그런데 자신의 휴대폰이라기엔 너무 오래된 기종.

'이게 언제 적 기종이야?'

휴대폰 연식에 놀라기도 잠시, 대한은 휴대폰 화면에 뜬 메시지를 보고 한 번 더 놀랐다.

> 오늘 수료일이지? 이따 저녁에 집에서 고기 구워 먹자.
> 삼겹살 사 갈게~ ^^

애정 어린 문자 내용.

발신자는 다름 아닌 엄마였다.

'엄마……라고?'

그럴 리가 없다.

대한의 엄마…… 그러니까 윤영숙 여사는 췌장암 말기로 지금쯤 병원에 누워 있어야 했으니까.

하지만 휴대폰에 표시된 번호는 단 한 번도 바뀌지 않은 우리 엄마 번호가 맞았다.

'게다가 수료식?'

대한은 서둘러 날짜를 확인했다. 그리고 그 어느 때보다도 눈이 커졌다.

2013년 6월 21일 금요일.

휴대폰에는 분명히 그렇게 적혀 있었다.

'지금이 13년도라고? 지금이?'

대한은 그제야 엄마가 보낸 문자에 적힌 수료식이라는 말이 이해가 됐다.

'그럼 여긴…….'

버스 안, 그리고 옆자리의 심형준.

그랬다.

자신의 기억이 맞다면 이 버스는 지금 공병학교 수료 후 자신의 고향인 대구로 가는 셔틀 버스였다.

"흐아암."

그때, 뒤척이던 심형준이 잠에서 깨며 입이 찢어져라 하품을 했다.

"얼마나 왔냐?"

태평하게 질문하는 모습에 대한은 자기도 모르게 픽 웃음을 터뜨렸다.

동기의 젊은 얼굴은 낯설지만 퍽 익숙했으며 동시에 매우 반가운 것이기도 했으니까.

그렇기에 대한은 생각했다.

지금 이 모든 것은 꿈이라고.

"몰라."

꿈이라고 생각하니 마음이 한결 편해졌다.

근데 뭔 놈의 꿈이 이리 생생하담?

이게 그 자각몽인가 루시드 드림인가 하는 그건가?

평소 꿈을 잘 꾸지 않는 대한이었기에 대한은 이 모든 게 신기하기만 했다.

심형준이 커튼을 걷어 창밖을 보더니 한 번 더 하품하며 말했다.

"이따 저녁에 뭐 하냐, 약속 있냐?"

약속이라…….

그런 게 있을 리가.

하지만 할 일은 있었다.

만약 집에 갈 때까지 꿈에서 깨지 않는다면 건강한 엄마를 보는 것.

꿈속이었고 처음 겪는 자각몽이었지만 할 수만 있다면 대한은 엄마를 보고 싶었다. 소령 진급 심사마저 떨어진 요근래 대한은 정말로 힘들었기 때문이다.

대한이 대답했다.

"약속은 무슨, 가족들이랑 시간 보내야지."

"하루 종일 보낼 건 아니잖아? 시간되면 이따 밤에 한잔하러 나와. 지휘 실습 때 친해진 부사관들이 오늘 대구로 온다길래 같이 놀자고 했어."

"생각해 보고."

"보고는 지랄, 암튼 이따 연락해 오늘 클럽도 갈 거니까."

"그래."

대답을 마친 대한은 시선을 옮겨 셔틀버스 창문 밖을 보았다.

심장이 두근거렸다.

이렇게나 생생한 꿈이라니.

그렇기에 기도했다.

부디 엄마를 만날 때까지 이 꿈이 끝나지 않았으면 좋겠다고.

✵

버스에서 내린 대한은 심형준과 헤어진 뒤 즉각 근처 버스 정류장을 찾았다.

'어디 보자, 범어역으로 가는 버스가…….'

정류장을 찾은 대한은 버스 표지판을 보며 엄마가 근무하는 빌딩으로 가는 버스를 찾았다.

그러다 문득 자기도 모르게 헛웃음을 터뜨렸다.

"아, 이래서 오랫동안 가난하면 안 된다는 거구나……."

꿈속에서 마저 돈을 아끼기 위해 버스를 타려 하다니.
묘하게 스스로가 한심했다.
하지만 대한은 그만큼 가난에 길들여져 있었다.
'가난은 가랑비랑 같다더니…….'
인상을 찌푸리던 대한은 즉시 길가로 나가 택시를 잡았다.

❋

대현빌딩.
범어역 인근에 위치한 대현빌딩은 엄마가 췌장암으로 일을 그만두기 전까지 일하던 곳이었다.
'왜 이렇게 떨리지…….'
꿈인데도 가슴 떨리는 걸 보니 엄마에 대한 사랑이 참 깊구나 싶었다.
대한은 얼마간의 심호흡 끝에 엄마에게 전화를 걸었고 얼마 뒤, 엄마가 환한 웃음과 함께 손 흔들며 빌딩 밖으로 나왔다.
"아들!"
빌딩 청소부로 일하시는 엄마는 작업복 차림으로 나왔다.
그 모습에 대한은 자기도 모르게 울컥 눈물이 났다.
"아들, 울어? 왜 울어? 무슨 일이야?"
아, 진짜 안 울려고 했는데.
하지만 몇 년 만에 보는 엄마의 정정한 모습인데 어찌 눈물이 나지 않을 수가 있을까.

그래서일까.

눈물이 났지만 웃음도 났다.

참 좋았다.

두 발로 이리 정정하게 뛰시는 엄마라니.

“엄마, 이리 와 봐.”

“왜? 어머어머, 애가 왜 이래? 하하하!”

대한은 엄마를 끌어당겨 꼭 안았다.

그러자 섬유 너머로 엄마의 따뜻한 체온, 희미한 파마향, 깔깔 웃는 웃음소리 등이 생생하게 느껴졌다.

대한은 눈을 꼭 감고 엄마를 최대한 기억하기 위해 애썼다.

꿈에 깨고 나서도 절대 잊어버리지 않게…….

대한의 그런 마음을 알아서일까?

부끄러움에 깔깔 웃던 엄마도 이내 곧 대한을 힘껏 안아 주며 토닥여 주셨다.

“무슨 힘든 일 있었어? 우리 아들이 엄마 앞에서 눈물을 다 보이네?”

“힘든 일 많았지…… 너무 많아서 그때마다 얼마나 엄마 보고 싶었는지 몰라…….”

“그랬어? 아이구 고생 많았네, 우리 아들.”

사람들이 활보하는 훤한 대낮.

그러나 대한은 사람들의 시선은 조금도 신경 쓰지 않은 채 그렇게 한참을 엄마를 꼭 끌어안고 있었다.

그리고 얼마 뒤, 마침내 엄마가 품에서 벗어났을 때 엄마가 대한의 눈물을 닦아 주며 말했다.

"수료 축하해. 퇴근하자마자 바로 갈 테니까 집에서 기다리고 있어. 삼겹살 구워 먹자."

"알겠어."

"그리고 이거."

헤어지기 전, 엄마가 장갑을 벗더니 앞주머니에서 무언가를 꺼내기 시작했다.

그것은 지폐였다. 반으로 곱게 접은 오만 원 권 두 장.

엄마가 지폐 두 장을 대한의 손에 쥐여 주며 말했다.

"더 많이 못 줘서 미안해?"

"아이, 됐어. 나도 월급 받는데 민국이나 주지……."

"걔는 고삼이잖아. 고삼이 돈 쓸 시간이 어딨어?"

대한은 마지못해 받는 척 그것을 받았다. 그리고 엄마는 손을 흔들며 다시 빌딩 안으로 들어가셨다.

대한은 그 뒷모습을 차마 잡을 수가 없었다.

이 모든 게 꿈인 걸 알았지만 이상하게도 잡을 수가 없었다.

"하……."

아쉬움에 한숨이 나온다.

'위로 선물이라도 주는 거야, 뭐야……'

그래도 이만하면 멋진 꿈이라고 생각했다. 비록 꿈이지만 보고 싶었던 걸 볼 수 있었으니까.

"근데……."

이제 뭐 하지?

꿈이 좀 오래 가는 것 같은데…….

대한은 머리를 긁적이던 끝에 다시 택시를 잡았다.

✷

대구 동구에 위치한 40년쯤 된 오래된 빌라.

붉은 벽돌과 낡은 철제 대문이 인상적인 곳이었는데 이곳은 대한이 태어나고 자란 집이었다.

당연히 자가가 아닌 월세.

그래서일까? 평생을 여기서 살았지만 딱히 정이 들진 않았다. 오히려 하루 빨리 여기서 탈출하고 싶다는 생각뿐.

그렇기에 꿈속에서도 집은 별로 반갑게 느껴지지 않았다.

집에는 아무도 없었다.

'아, 그러고 보니 지금 시간이면 학교에 있겠네.'

심지어 고삼이니 방학도 의미가 없을 터.

대한은 정정한 엄마 덕분에 비교적 깨끗한 집 상태를 보고 잠시 어색해 하다가 에어컨을 틀었다.

'사다만 놓고 전기세 아깝다고 틀지도 않던 에어컨…… 지금 생각해 보면 전기세 차이도 별로 안 났는데 왜 그리 아꼈는지.'

내친 김에 옷도 가볍게 갈아입고 거실에 벌러덩 드러누웠다.

"그나저나 꿈이 왜 이렇게 기냐……."

보통 꿈이라고 하면 특정 장면만 보여 주거나 말도 안 되는 것들의 연속이어야 하는데 원래 자각몽은 이리 생생한가?

대한은 거실에서 한참을 뒤척이던 끝에 다시 일어났다. 그런 다음 남동생 민국이의 방을 구경하기 시작했다.

"와, 이거 내 PMP 아냐…… 진짜 오랜만에 본다."

무려 12년 전이니 PMP가 신기하게 느껴질 법도 했다.

그러다 문득 이 PMP가 동생의 인강용 영상 플레이어라는 게 생각났다.

'그래…… 생각해 보니 이거, 나한테 물려받아서 민국이가 고3 내내 썼었지.'

오래된 줄 이어폰에 PMP.

태블릿이 슬슬 보급되던 시기였는데도 PMP를 썼던 건 비단 집이 가난해서였기 때문만은 아니었다.

다섯 살 차이 나는 동생이었지만 그 누구보다도 속 깊었던 민국이는 그 흔한 사춘기 한 번 없이 평생을 투정 한 번 부리지 않던 놈이었다.

'공부도 잘하던 놈이 집안 형편 때문에 밑에 등급 국립대 갔다고 들었을 때 혼자 술을 얼마나 먹었던지…….'

그만큼 민국이는 배려 깊고 진국인 놈이었다.

대한은 방에서 지갑을 가져왔다.

평소 잘 주지도 못 했던 용돈, 꿈에서라도 왕창 줄까 싶어서.

그러나 잠시 고민 끝에 도로 집어넣고 빌라를 나섰다.

더 좋은 게 생각났기 때문이다.

'꿈아, 좀만 더 유지해라. 이왕 유지해 주는 김에 저녁만 먹고 갈게.'

종교를 믿지 않는 대한이었지만 오늘만큼은 진심으로 기도했다.

오늘 하루만 알람 소리를 좀 늦게 알려 달라고.

다행히 다시 집에 올 때까지 대한은 꿈에서 깨지 않았고 현관에는 먼저 온 민국이의 신발이 보였다.

"형 왔다."

"어, 형 왔어?"

대한의 인사에 민국이 맞이하러 나왔다. 그런데 대한이 양손 가득 들고 온 쇼핑백을 보더니 고개를 모로 기울였다.

"쇼핑하고 온 거야? 뭐가 많네?"

"네 거야."

"내 거?"

"어, 그러니까 받아, 팔 떨어지겠다."

양손 가득 쇼핑백 무더기를 들고 온 대한은 그것들을 민국에게 안겨 주었다.

쇼핑백 안에는 최신형 휴대폰, 태블릿, 신발, 옷, 가방 등등 고등학생이라면 눈이 번쩍 뜨일 만한 것들로 가득했다.

쇼핑백을 받아 든 민국이 토끼처럼 커진 눈으로 대한을 돌아보았다.

"이, 이, 이게 다 뭐야? 형 혹시 미쳤어?"

"미치긴? 근데 이 새끼가 오랜만에 본 형님한테 욕부터 하네?"

"아, 아니 그게 일부러 그런 건 아닌데……."

바로 꼬리를 마는 민국.

사이가 좋아도 형제는 형제였으니까.

근데 솔직히 미쳤냐고 물을 법 하긴 했다.

민국이가 바보도 아니고 자기 집 가정형편쯤은 훤히 알고 있었으니.

어물쩡 서 있는 동생에게 대한이 손에 든 검은 비닐봉투를 넘겨주며 말했다.

"한우 사 왔다. 씻고 나올 테니까 세팅해 놔. 엄마 오시면 바로 구워 먹게."

"하, 한우? 엄마가 삼겹살 사 오신댔는데?"

"알아."

"엥?"

"안다고. 나 씻는다."

대한은 하루 종일 원 없이 돈을 썼다. 그래 봤자 적금 든 오백만 원을 깬 거였지만 어차피 꿈속인데 뭐 어때?

정정한 엄마 얼굴 보고 기뻐하는 동생 얼굴 봤으니 이미 풀코스로 대접받은 기분이었다.

얼마 뒤, 퇴근한 엄마가 어수선한 집 안을 보며 물었다.

"삼겹살 사 왔는데, 이게 다 뭐니? 대한이는?"

"어, 엄마 왔어? 한우 사 왔는데 구워 먹자."

"하, 한우? 그 비싼 걸?"

"괜찮아, 오늘 같은 날은 먹어도 돼."

"그래도……."

"아잇, 괜찮대도."

대한은 깜짝 놀란 엄마를 달래며 오랜만에 가족끼리 즐겁게 저녁을 먹었다.

내친김에 술도 마셨다.

너무 기쁜 하루라 그런지 금방 술기운이 올랐다.

"아, 좋다……."

오늘 하루가 꿈만 같다.

이건 신의 장난일까, 배려일까?

뭐가 됐든 어지간히 불쌍해 보였나 보다. 그게 아니면 이런 상황은 말도 안 되지.

그래도 참 좋았다.

비록 꿈이긴 하지만 덕분에 큰 위로가 되었으니.

대한은 밀려드는 취기를 거부하지 않고 졸음과 함께 부드럽게 받아들였다.

참 행복한 하루였다.

이 모든 게 다 현실이었으면 좋겠을 정도로…….

✱

다음 날, 대한은 정신이 들자마자 헉 소리와 함께 몸을 일으켰다.

"며, 몇 시야?"

몸이 너무 개운한 게 꽤 오래 잔 듯했다. 이러면 안 되는데?

대한이 허둥대며 휴대폰을 확인한 순간이었다.

"어, 어……?"

익숙한 기종.

꿈에서 봤던 옛날에 썼던 그 휴대폰이었다.

주변 풍경도 마찬가지였다.

"집?"

왜 집이야?

BOQ가 아니라?

설마 술김에 집까지 온 건가?

그럴 리가 없는데?

논란을 잠재운 건 부엌에 차려진 엄마의 해장 상을 발견하고 나서였다.

북엇국 끓여 놨으니 먹어.

밥상보에 붙어 있는 짤막한 메모는 누가 봐도 엄마의 글씨체였다.

그래서일까?

대한은 순간 온몸에 소름이 돋았다.

"……뭐야, 왜 꿈에서 안 깨?"

이거 다 꿈 아니었어?

아니었다.

볼을 꼬집어도 고통이 그대로였고 휴대폰 시계를 봐도 어제에서 하루가 지난 22일 토요일이었다.

에이 설마…….

짝!

혹시나 해서 뺨을 한 번 더 쳐 보았지만.

"아으……."

……더럽게 아프기만 했다.

"이게 꿈이 아니라고?"

혹시나 하는 마음에 찬물로 샤워까지 해 보았으나 모든 것이 생생했다.

그래서일까?

대한은 자기도 모르게 헛웃음이 났고 얼마 지나지 않아 미친 놈처럼 웃어 대기 시작했다.

그렇게 얼마나 웃었을까?

묘한 탈력감에 빠진 대한은 자리에 대(大)자로 드러누웠다.

누런 벽지가 발린 천장.

꺼진 형광등에 앉은 뽀얀 먼지가 보인다. 근데 그게 참 반갑고 재밌어 보였다.

"크흐흐……."

미친놈이라고 해도 좋다.

뭐가 됐든 이게 꿈이 아닌 진짜 현실이라면 미친놈 소릴 들어도 좋을 만큼 행복할 테니까.

그러다 문득 그런 생각이 들었다.

'그럼 난 정말 과거로 온 건가?'

왜?

난 트럭에 치인 적도 없는데?

아, 그건 회귀가 아니라 환생 루트인가?

아무튼 이게 회귀가 아니라면 소령 진급에 실패했던 삶은 꿈이라는 건데…….

대한은 한참을 고민한 끝에 한번 확인해 보기로 했다.

우선 시간부터 확인했다.

13년 6월 22일 토요일.

마침 시험하기 좋은 건수가 있었다.

오늘은 대한의 인생 중 가장 운 좋은 날이라고 할 수 있는 날이었으니까.

✻

밤 8시 30분.

하루를 마음 편히 보낸 대한은 저녁 식사를 마치고 티비 앞에 앉았다.

"아들, 웬 로또 추첨?"

"그냥 한 장 샀어."

"로또를? 그런 건 돈 낭비라면서 절대 안 사던 애가, 웬일이래?"

하루를 편히 보낸 대한이었지만 지금 이 순간만큼은 어제만큼이나 긴장됐다.

대한이 손에 쥔 로또 복권을 보며 생각했다.

'내가 정말 과거로 온 거라면 앞으로 일어날 일들도 전부 다 똑같이 일어나야 된다. 그게 회귀니까.'

그래서 복권을 샀다.

왜냐면 원래의 대한은 어제 심형준과 밤새 술을 마시다가 재미로 복권을 사게 되는데 그게 3등에 당첨되기 때문.

'형준이랑 술 먹다가 산 건데 그게 당첨될 줄 누가 알았겠어?'

술김에 산 로또였다.

앞으로의 군 생활을 점쳐 보자는 의미에서 심형준의 제안으로 산.

심지어 같은 번호로 딱 하나.

덕분에 150만 원을 받게 되었는데 돌이켜 보면 대한의 인생에서 그게 최대의 행운이 아닐까 싶었다.

그래서 안 좋은 일을 겪을 때마다 입버릇처럼 말했다.

그때 로또에 당첨됐음 인생이 바뀌었을 거라고.

'그런 의미에서 이번엔 확실하게 1등 번호로 준비했다……!'

번호는 확실히 기억하고 있다.

어떻게 잊을까?

그 당시 낙첨됐던 번호들과 당첨 번호들이 겨우 한 끗 차이밖에 안 나서 얼마나 치를 떨었었는데.

곧 사회자의 로또 추첨 진행이 시작되었고 대한은 떨리는 동공으로 티비를 보았다.

투명 박스 안에 45개의 공이 어지럽게 돌아다닌다.

이윽고 첫 번째 공을 시작으로 보너스 번호까지 총 7개의 공이 모두 배출되었다.

그리고…….

"아……."

7개의 공이 모두 확정되었을 때 대한은 가늘게 떨었다.

정말 당첨되고 만 것이다.

3등이 아닌 1등이.

대한이 자리에서 벌떡 일어나 소리쳤다.

"으아아아아아!"

"아이구, 깜짝이야! 심장 떨어질 뻔했네. 왜 그래? 무슨 일이야?"

"꿈이 아니었어! 꿈이 아니었다고!"

"꿈이라니? 그게 무슨 소리니?"

"형 무슨 일이야?"

놀란 민국이도 공부하다 말고 뛰쳐나왔다.

하지만 그러거나 말거나 대한은 기쁨에 취한 나머지 밤인 것도 잊은 채 야수처럼 포효했다.

로또에 당첨된 것도 당첨된 것이었지만 덕분에 확실해졌기 때문이다.

자신은 실패한 인생이라는 허무한 꿈 따위를 꾼 게 아니라, 과거로 돌아온 회귀자라는 걸.

⁂

집 안이 난리가 났다.

로또 당첨 소식을 들었을 때 엄마는 떨리는 손으로 청심환을 먹었고 동생은 울었다. 대한도 울었다.

그리고 서로 부둥켜안고 한 번 더 울었다.

전국에 당첨자는 대한이 혼자였고 세금을 떼고 나면 120억이라는 돈이 대한에게 떨어질 예정이었다.

하루아침에 백억대 자산가가 된 것이다.

엄마는 급하게 하루 휴가를 냈다.

아들 혼자 서울 농협 본점으로 보내기가 너무 걱정돼 함께하기로 한 것이다.

덕분에 당첨금을 수령하고 모처럼 엄마랑 서울에서 데이트를 했다.

아예 5성급 호텔을 잡고 하루 자고 가자고 하였으나 내일 출근도 있고 민국이 때문에라도 집에 가야 한다는 엄마의 말에 어쩔 수 없이 KTX에 몸을 실었다.

아쉬운 마음에 과감히 특실로 예매했다.

돌아가는 길, 하루 종일 돌아다녀 피곤할 법도 할 텐데 두 사람은 하나도 피곤하지 않았다.

엄마가 말했다.

"아들, 다시 한번 축하해."

"내가 축하받을 게 뭐 있어. 다 우리 돈인데. 그래서 말인데 엄마. 내가 생각을 좀 해 봤는데 우리 일단 집부터 사자. 대구에서 제일 좋은 집으로. 범어에 있는 베니스 어때?"

"베니스? 그 범어역에 우뚝 솟아 있는 그거?"

"어어, 그 베니스. 어차피 돈도 많은데 괜히 애매한 집에서 살 필요 없잖아."

"그래도 너무 낭비하는 거 아닐까? 미래가 어떻게 될지도 모르는데.”

“그 말도 맞지. 하지만 내가 평생을 벌어도 백억은 못 벌 것 같아. 그러니 엄한데 돈 쓰기 전에 부동산 같은 거나 좀 미리 사두자고. 부동산은 영원하잖아?”

“그렇긴 한데…… 아휴 내 주제에 그렇게 좋은데 살아도 되나 모르겠다.”

“엄마 주제가 뭐 어때서 그래? 나 부대 들어가기 전에 최대한 빨리 진행시켜 놓을 테니까 엄마도 그렇게 알고 있어요. 가전이나 이런 건 내가 알아서 살게. 근데 엄마, 빌딩 청소는 계속할 거야? 몸도 아픈데 이참에 쉬는 게 어때요?”

“에이, 어떻게 그래. 그리고 갑자기 일 그만두면 사람들이 의심할 걸?”

“의심할 게 뭐가 있어? 그냥 뭔 일 생겼거니 하겠지. 사람들은 생각보다 남들한테 관심 없어. 그러지 말고 이참에 카페 같은 거나 하나 운영해요. 내가 차려 줄게.”

“카, 카페? 그럴까?”

“그게 좋지! 나 쉬러 대구 내려올 때마다 커피도 한 잔 타 주고 내 밑에 애들이나 친구들 오면 엄마가 시원하게 케이크 같은 거도 좀 주고.”

두 사람은 시간 가는 줄도 모른 채 앞으로의 미래에 대해 이야기했다.

그러길 한참, 문득 엄마가 물었다.

"그럼 넌 군대는 어떻게 할 거야?"

"군대? 당연히 의무 복무만 하고 전역해야지."

"언제는 군대가 체질에 맞는 것 같다더니?"

"어휴, 끔찍한 말씀 좀 하지 마세요. 저 군대 싫어합니다. 누가 장군 자리 준다고 해도 절대 안 해요."

그 고생을 하고 미쳤다고 또 장기를 할까? 게다가 대한이 장기를 했던 이유는 집안 사정 때문이었다.

'임관만 하면 모든 게 다 해결될 줄로만 알았지.'

한때는 그렇게 생각했다.

임관만 하면 월급 따박따박 들어올 테니 엄마 짐도 좀 덜어주고 그렇게 기반이 쌓이면 남들처럼 인생이 평탄해질 줄로만 알았다.

그러나 대한이 중위 견장을 달던 날, 엄마가 췌장암으로 쓰러지면서 모든 것들이 뒤집혔다.

'그때만 생각하면…… 어우.'

왜 하필이면 췌장암일까.

완치율도 낮다는 췌장암.

하고 많은 암들 중 하필 췌장암에 걸려서 실낱같은 희망까지 거두어 갔을까.

그때부터 대한의 인생 난이도가 급격히 올라갔다.

어머니 병원비에 동생 학비까지 모두 대한이 감당해야 했으니까.

그래서 고심 끝에 군에 남기로 결정했다.

쓰레기 같은 관사라도 일단은 살 곳이 나왔고 질 떨어지는 짬밥이라도 식비는 굳었으니까.

또 받는 족족 써야 됐던 월급, 나중에 연금이라도 타면 노후 걱정은 없을 테니까.

대한이 말했다.

"그보다 이번에 일 그만두면 건강검진이나 한번 받아 보는 게 어때요?"

"건강검진?"

"안 받은 지 꽤 됐잖아. 이 참에 몸 구석구석 검사해 봐요. 엄마 나이대는 슬슬 조심해야 해."

"그럴까?"

"오케이, 그럼 검사받는 걸로. 약속."

"그래, 약소옥."

손가락 약속을 하는 대한의 얼굴에 미소가 가득했다.

⁂

일주일이 어떻게 흘러가는지도 모를 만큼 대한은 바쁜 휴가를 보냈다.

집 매매란 게 생각보다 쉬운 게 아니었기 때문이다.

그래도 대한이 사회초년생은 아니라 며칠 만에 잔금도 치르고 무사히 입주를 완료 할 수 있었다.
살던 집도 집주인한테 말해서 비우기로 했다.
세 사람이 베니스에 입주하던 날, 50층에서 보이는 대구 전경에 엄마와 동생은 한동안 거실 창에서 눈을 떼지 못했다.
"진짜 대박이다……."
특히 민국의 반응이 일품이었다.
대한이 민국에게 어깨동무를 하며 말했다.
"공부 열심히 해라, 동생아."
"무조건 서울대 갈게."
"하버드 가라."
"예, 형님."
죽이 척척 맞는 두 형제의 농담에 엄마가 픽 웃는다. 그러다 얼마 못 가 눈물을 훔쳤다.
엄마의 눈물에 대한이 영숙의 어깨를 감싸 쥐었다.
"아이고 윤 여사, 이 좋은 날에 왜 또 울고 그러십니까."
"그냥…… 그냥 나는 아직도 이 모든 게 다 꿈만 같아서 그런다……."
"저도 꿈만 같습니다, 어머님."
대한은 엄마를 안아 주며 거실창 너머로 보이는 대구 전경을 보았다.
산 정상에나 올라야 볼 수 있었던 전경인데 이런 풍경을 집에서 보게 될 줄이야.

대한은 이 모든 것들이 꿈이 아니었으면 했다.

이미 꿈이 아님을 확인했지만 그럼에도 마음 한구석이 불안한 건 어쩔 수 없었다.

하지만 그렇기에 지금 자신에게 주어진 이 시간들을 더더욱 후회 없이 살아가기로 다짐하고 또 다짐했다.

저녁 식사는 자연스럽게 짜장면을 시켜 먹었다.

짜장면 셋에 탕수육과 깐풍기, 그리고 군만두까지.

평소였으면 이게 무슨 돈 낭비냐고 질책받았을 터지만 이제 가족 중에 그런 이야기를 하는 사람은 아무도 없었다.

짜장면을 먹던 대한이 식탁에 지갑 2개를 꺼내 얹었다.

둘 다 유명한 명품들로 하나는 남성용 반지갑이었고 하나는 여성용 장지갑이었다.

"안에 2천만 원짜리 체크카드 하나씩 넣어 놨습니다. 필요하실 때마다 쓰세요. 개인적으로 드리는 용돈들이니까."

"이, 2천?"

"형, 이건 너무 많아!"

놀란 민국이 소리를 꽥 지른다.

그에 대한이 아무렇지 않은 표정으로 말했다.

"그냥 써."

"그래도……."

"펑펑 쓰면서 낭비하라는 게 아니라 더 이상 궁상맞게 살지 말자는 거야. 급할 땐 택시도 타고, 특별한 날엔 친구들한테 밥도 사고 그렇게 살자는 거야. 내 말…… 무슨 말인지 알지?"

대한의 물음에 민국은 일순 말이 없어졌다. 그러고는 고개를 숙이고 두 손으로 지갑을 받았다.

하나같이 대한과 민국이 겪었던 일들이었기 때문이다.

"고마워, 형."

"그래."

엄마는 냉큼 받았다.

"고마워, 잘 쓸게."

"모자라면 또 말하십시요."

이 정도면 당장 할 만한 일들은 전부 처리한 듯싶었다.

콧노래를 흥얼거리던 엄마가 물었다.

"내일이 부대 첫 출근이지? 긴장은 안 되니?"

아참.

잠시 잊고 있었다.

내일이 부대 첫 출근이라는 걸.

엄마의 물음에 대한이 곰곰이 생각한 끝에 씩 웃으며 대답했다.

"이상하게 하나도 안 되네."

"긴장이 안 된다고?"

"그냥 뭐…… 로또가 돼서 그런가, 하나도 긴장이 안 되네."

반쯤은 사실이긴 했다.

로또에 당첨됨으로써 경제적 자유를 얻게 되었으니 더 이상 진급에 목메도 되지 않았으니까.

그것과 더불어…….

'내가 정말 회귀자라면 경력 있는 신입이나 마찬가지일 텐데 왜 긴장이 되겠어?'

게임으로 치면 고인물인데 말이야.

그래도 엄마는 걱정된다는 듯 말했다.

"그래도 사회생활은 항상 긴장감을 유지하고 있는 게 좋아. 가면 높으신 분들한테 잘하고. 또 힘든 일 있으면 혼자 끙끙 앓지 말고 꼭 엄마한테 말하고. 알았지?"

"예, 꼭 그럴게요."

빌딩 앞에서 펑펑 울었던 모습 때문에 마음이 쓰이시나 보다. 하지만 이제 두 번 다시 그럴 일은 없을 것이다.

입 안으로 짜장면을 밀어 넣던 민국이 물었다.

"근데 형, 부대 위치가 영천이라고 하지 않았어?"

"맞아, 영천이야. 왜?"

"여기선 거리가 좀 있잖아. 버스 타고 가?"

"아니, 택시 탈 건데?"

"엥? 그 거리를? 몇 만 원은 나올 텐데?"

"나오겠지. 근데 그게 왜?"

"아……."

대한의 물음에 민국이 입을 반쯤 벌렸다. 그러더니 씩 웃으며 말했다.

"진짜 형 존나 멋있다."

"알면 잘해라."

"예, 형님."

말한 그대로였다.

사실 주말마다 대구에 온다는 걸 감안하면 차를 사야 효율이 좋았지만 대한은 일부러 그렇게 하지 않았다.

'첫 출근부터 차 끌고 가면 그 자식이 엄청 뭐라 할 테니까.'

모든 게 그대로라면 사람들도 그대로일 테지.

그리고 사람의 성품은…… 아니, 군대라는 곳은 개인이 돈이 많다고 해서 무조건 편해질 수 있는 그런 곳이 아니었다.

'거기도 결국 사람 사는 곳이니까.'

그렇기에 대한의 첫 번째 목표가 정해졌다.

'스트레스 안 받고 편하게 복무하다 전역하리라.'

뭐가 됐든 군대는 몸과 마음 건강히 전역하는 게 최고였으니까.

⁂

다음 날.

대한은 동생에게 말했던 대로 택시를 타고 출근했다.

요금은 4만 원이 조금 넘었다.

원래라면 엄두도 못 낼 금액이었지만 그새 적응됐다고 쿨하게 카드로 계산했다.

택시에서 내린 대한은 눈앞에 보이는 위병소를 보며 헛웃음을 터뜨렸다.

"내가 여길 또 오다니."

여기.

낯익기 그지없는 이곳.

이곳은 대한이 처음으로 복무한 부대로 영천에 위치한 공병단이었는데 지금이야 집 가까워서 좋았지만 장기 복무를 결심했을 땐 굉장히 아쉬워했던 기억이 있다.

육사 출신이라면 모를까, 자기처럼 출신지 약한 장교들은 후방이 아닌 전방에 배치 받아야 장기 선발에 유리하다고 생각해서였다.

'그땐 그렇게 생각했지. 근데 중요한 건 전방 후방 같은 게 아니더라고.'

전방이면 어떻고 후방이면 어떨까.

막상 부대 생활을 해 보니 진짜 중요한 건 위치 따위가 아니라 인복이었다.

그런 의미에서 여긴 사고가 참 많이 났다. 특히 사람 사고가.

대한은 위병소에서 출입 신청을 마친 후 핸드폰을 꺼내 '이영훈 1중대장님'이라 저장된 사람에게 전화를 걸었다.

이영훈은 대한이 소대장으로 지내게 될 1중대의 중대장 되는 사람으로 예의를 아주 중요시하는 사람이었다.

'좋게 말하면 예의를 중시하는 거고 나쁘게 말하면 개꼰대인 거고.'

사실 대한은 이미 단 지원과로 오라고 지시를 받은 상황.

하지만 그럼에도 이영훈에게 전화를 거는 건 과거에 자신한테 먼저 전화로 보고를 안 했다고 이영훈에게 혼난 기억이 있어서였다.

'그때부터 중대장한테 찍혀서 힘들었지.'

첫인상이 중요하다고.

가뜩이나 빡빡한 양반인지라 덕분에 군 생활은 빡빡하게 배울 수 있었지만 그렇다고 굳이 찍히고 싶지는 않았다.

그 양반은 사람 피 말리게 하는 데 아주 도가 튼 양반이었으니까.

-고객님이 전화를 받지 않아…….

그런데 이영훈이 전화를 받지 않았다.

'흠.'

혹시 몰라 두 번 더 걸어 봤지만 모두 받지 않았다.

이 정도면 할 만큼 했다.

하지만 상대는 이영훈.

대한은 혹시 몰라서 문자까지 남긴 후에야 단 지원과로 향했다.

'간만에 그 녀석 얼굴 보겠구만.'

그 녀석은 부대에서 대한을 죽어라 괴롭히던 놈들 중 하나였다. 하지만 미운 정도 정이라고 오랜만이라 그런지 괜히 얼굴이 보고 싶었다.

대한이 지원과 문을 두드린다.

똑똑—.

“소위 김대한입니다. 들어가도 되겠습니까?”

돌아오는 대답이 없다.

이상했다.

지원과나 인사과에는 들락거리는 사람들이 많아 1명은 항상 대기하고 있어야 하는데?

대한은 지원과의 문을 조심스레 열고 들어갔다.

안에는 정말로 아무도 없었다.

대신 테이블에 널브러진 서류들이 보였다.

슬쩍 보니 동원 훈련과 관련된 서류들이었다.

‘아, 그러고 보니 지금쯤이면 동원 훈련 기간이겠네. 다들 훈련 준비 때문에 정신없겠구만.’

서류들을 보니 그제야 어슴푸레 기억이 났다.

동시에 동원 훈련 기간인 줄도 모르고 예쁨 한번 받아 보겠다고 출근 날짜보다 일찍 인사하러 왔다가 쿠사리 먹었던 것도 기억났다.

바쁜데 왜 일찍 와서 사람 귀찮게 하냐고.

‘잘해도 지랄 못 해도 지랄. 군대 참 재밌는 곳이야.’

옛 기억을 떠올리며 대한은 난장판인 지원과를 둘러보았다.

불쌍했다.

그도 그럴 게 지원과나 인사과가 가장 힘든 기간이 바로 동원 훈련 기간이었으니까.

'지원과장이랑 재정 담당관은 작전사 갔을 것 같고…… 동원 담당관은 정작과, 인사 행정관은 대대에 갔겠군.'

자리에 없는 사람들이었지만 척 하면 척이었다.

대한도 한때는 이곳에서 인사장교직을 수행했었으니까.

대한은 순간 널브러진 서류라도 정리해 둘까 싶었지만 이내 고개를 저었다.

가만히 있으면 반이라도 간다고 괜히 나댔다가 또 어떤 욕을 먹을까.

그때였다.

쾅!

누군가 노크도 없이 지원과 문을 거칠게 밀고 들어왔다.

인사장교, 중위 차현수였다.

'왔네.'

차현수 중위.

현재 지원과에서 제일 바쁜 사람이자 초임 장교의 통제를 맡고 있으며 과거, 대한을 죽어라 갈구던 놈이었다.

차현수의 기분이 별로 좋아 보이지 않는다. 옆구리의 결재판을 보니 결재 받으러 갔다가 대판 깨진 모양.

뻔했다.

차현수는 인사장교지만 보고서를 드럽게 못 썼으니까.

씩씩거리며 들어온 차현수가 대한을 발견하고는 미간을 찌푸렸다.

"뭐야?"

"충성! 소위 김대한입니다. 전입신고를 위해 지원과에 왔습니다."

"오늘?"

"예, 그렇습니다."

그 말에 차현수가 찌푸린 미간 그대로 관자놀이에 손을 가져다 댔다.

"아, 씨바… 바빠 죽겠는데 하필 오늘 오고 지랄이야……."

대한에게 한 말은 아니었지만 면전에 대놓고 저런 말이라니.

참 차현수다웠다.

차현수는 잠시 대한을 노려보더니 시간을 확인한 후 물었다.

"야, 지금이 몇 시야?"

"현재 시각 9시입니다."

"너 몇 시까지 오라고 전파받았는데?"

"11시입니다."

"근데 왜 이렇게 일찍 와?"

"죄송합니다."

"너 시간 많아?"

"아닙니다."

"시간은 금이랬는데 넌 금이 남아도나 보다? 재벌이야?"
"아닙니다."
"그럼 다음부턴 시간 맞춰서 다녀. 알겠어?"
"예, 알겠습니다."
늦게 오면 늦게 온다고 지랄.
일찍 오면 일찍 온다고 지랄.
기분이 태도가 되는 것만큼 최악은 없다고 차현수는 참 한결같은 놈이었다.
그래도 이만하면 다행이라고 생각했다.
전에는 며칠 일찍 와서 더 심하게 털렸었으니까.
차현수는 그제야 대한의 경례를 받아 주었고 품에서 담배 곽을 꺼냈다.
"아씨, 없네. 야, 너 담배 피우냐?"
"죄송합니다. 비흡연자입니다. 근데 담배는 있습니다."
"그럼 그렇…… 뭐?"
놀란 표정의 차현수에게 대한은 얼른 새 담배 한 갑과 터보라이터 1개를 차현수에게 내밀었다.
심지어 담배는 차현수가 피우는 브랜드였다.
차현수가 얼떨떨한 표정으로 담배를 받아 들며 물었다.
"담배도 안 피우는 새끼가 이런 건 왜 들고 다녀?"
"친구 건데 깜빡하고 돌려주지 못했습니다. 괜찮으니 피우셔도 됩니다."

"그래?"

당연히 거짓말이다.

이런 일이 있을 줄 알고 그냥 미리 사 왔다.

차현수에 대해선 논문을 쓸 수 있을 정도로 빠삭하게 알았으니까.

그래서일까?

차현수가 처음으로 웃었다.

"괜찮네. 앞으로도 들고 다녀라. 그리고 이왕이면 담배도 배우고. 대한민국에선 혈연, 학연, 지연만큼이나 중요한 게 흡연이잖아?"

"예, 노력하겠습니다."

"그래, 자세 좋네."

기분이 좋아진 차현수가 냉장고에서 캔 음료 하나를 꺼내 대한에게 주며 자기 자리에 앉혔다.

"담배 하나 태우고 올 테니까 쉬고 있어."

"예, 알겠습니다."

"그래."

……라고 말하며 나가려던 찰나, 순간 차현수의 눈이 반짝 빛나며 다시 몸을 돌렸다.

"야."

갑작스러운 부름에 대한이 즉각 대답했다.

"소위 김대한."

"너 혹시 한글이나 워드 할 줄 아냐?"
"예, 할 줄 압니다."
"네가 알티였던가?"
"예, 그렇습니다."
"하긴 대학 나왔으면 그 정도는 할 줄 알아야지. 그럼 대학 때 자료 조사나 요약 같은 것도 많이 해 봤겠네?"
뭐지?
뭘 시키려고 이렇게 밑밥을 까는 거지?
우선은 대답했다.
"예, 그렇습니다."
"잘됐다. 그럼 너 이거나 한번 해 봐라."
차현수는 그리 말하며 서류 몇 장과 컴퓨터에 파일 몇 개를 띄웠다.
곧 진행될 동원 훈련 계획서와 관련된 파일들이었다.
'설마?'
에이 아니겠지.
하지만 설마가 사람 잡았다.
"여기 옛날 것들 참고해서 네가 한번 새로 써 봐. 잘할 필요는 없고 그냥 그럴듯하게 만들면 돼. 부담 갖지 말고. 그냥 네 기량을 보려고 시켜 보는 거니까. 못 하겠으면 말하고."
그 말에 대한은 속으로 인상을 찌푸렸다.
나참, 어이가 없네.

이제 막 전입 온 소위한테 자기 일을, 그것도 동원 훈련 계획 같은 큰일을 시킨다고?

그러나 차현수는 진심이었고 대한은 고개를 끄덕일 수밖에 없었다.

"아닙니다, 해 보겠습니다."

미쳤다고 거절할까?

거절하면 그때부터 미친 듯이 갈굴 텐데.

대한의 대답에 차현수의 입꼬리가 양옆으로 치솟았다.

"너 약간 에이스가 될 소질이 보인다? 뭐 먹고 싶은 거 없냐? 피엑스나 한번 갔다 오려는데."

"괜찮습니다."

"그래? 그럼 피엑스 다녀올 동안 한번 해 봐."

"예, 알겠습니다."

이윽고 차현수가 문을 쾅 닫고 나갔고 대한은 고개를 내저으며 차현수가 두고 간 결재판을 확인했다.

결재판에 담긴 계획서는 아니나 다를까 개판이었다.

'스무 살짜리한테 시켜도 이거보단 잘 짜겠다.'

차현수가 짠 동원 훈련 계획서.

그럴듯하긴 했는데 너무 과했다.

특히 세 장에 이르는 양은 너무 방대했다.

'쯧쯧, 상세한 것도 정도가 있지. 보고서의 기본은 읽는 사람의 취향을 파악하는 거라는 것도 모르나?'

상급자에게 보일 보고서는 내용이 많다고 해서 무조건 좋은 게 아니다.

물론 보고 대상에 따라 다르기야 하겠지만 대부분은 한 장으로 끝낸 보고서를 선호했다.

그도 그럴 게 이 보고서를 볼 양반들은 보통 중령이나 대령쯤 되는 사람들로 굳이 복잡하게 설명하지 않아도 다 알고 있었으니까.

'특히 여기 단장 되는 양반은 더더욱 복잡한 걸 싫어하지.'

대한은 보고서를 수정하기 전, 순간 고민했다.

'적당히 아마추어인 척 할까?'

당연한 이야기지만 대한에게 동원 훈련 계획서 같은 건 별로 어려운 일이 아니었다.

과장 조금 보태서 눈감고 만들라 해도 5분이면 뚝딱 만들 자신이 있었다. 인사장교 시절, 온갖 보고서를 만들어 본 경험이 있었으니까.

대한은 얼마간의 고민 끝에 좋은 생각이 떠올랐다.

'그래. 그게 좋겠네.'

너무 고수인 티도 안 나면서 적당히 아마추어 티가 날 법한 그런 방법이.

대한은 콧노래를 흥얼거리며 순식간에 보고서 수정을 마쳤다.

아니, 거의 새로 만들었다.

난잡한 세 장짜리를 완벽한 한 장으로.

마무리로 새로 프린트까지 해서 결재판에 갈아 끼워 놓기까지 했다.

시킨 일을 마친 대한은 그제야 느긋하게 차현수가 주고 간 음료수를 입으로 가져다 댔다.

그때, 지원과 문이 부드럽게 열렸다.

방문자는 단의 작전장교, 현정국 대위였다.

'현정국? 그러고 보니 저 양반도 있었지?'

내적 반가움을 표하기도 잠시, 대한은 번개같이 일어나 현정국에게 경례했다.

"충성! 소위 김대한. 금일 전입신고가 있어 지원과에서 대기 중이었습니다."

"오, 축구 잘하는 소대장 아냐? 오늘이 벌써 그날인가?"

"예, 그렇습니다."

축구 잘하는 소대장?

그 말을 들은 대한은 순간 현정국과 얽힌 추억이 떠올랐다.

그 추억은 대한의 지휘 실습 기간 시절, 단장님 주관하에 간부들끼리 풋살 경기를 진행한 적이 있었는데.

당시의 대한은 그저 열심히 해야겠다는 생각에 접대 축구란 걸 생각하지 못하고 화려하게 상급자들을 농락했기 때문이다.

예컨대 알까기 같은 기술까지 구사해 가면서 말이다.

'아, 시발 왜 그랬지.'

그랬으면 안 됐다.

다른 사람도 아니고 현정국에게만큼은.

그도 그럴 게 현정국은 축구에 한해서만큼은 과몰입에 분노조절장애가 의심될 정도로 축구에 미친놈이었으니까.

웃으며 경례를 받아 준 현정국이 대한에게 다가오며 말했다.

"신고 몇 시에 끝나냐?"

"단장님 신고는 오전에 끝납니다. 이후 대대장님께 신고하고 중대로 복귀해 통제받을 것 같습니다."

"네가 몇 중대였지?"

"1중대입니다."

"그래?"

현정국은 잠시 고민하더니 씩 웃으며 말했다.

"1중대장한테 말해 둘 테니까 이따 공이나 같이 차자."

그럼 그렇지.

이 양반은 전생에 공 못 차서 죽은 귀신이 붙었나?

그때 현정국이 의미심장한 미소로 뒷말을 덧붙였다.

"근데 대한아, 너 그거 아냐?"

"어떤 것 말씀이십니까?"

"나한테 알까기 시전한 후배는 네가 처음이다?"

아.

역시 마음에 담아 두고 있었다.

대한은 사태 수습을 위해 얼른 고개를 숙였다.

"……죄송합니다. 그땐 경기에 너무 집중한 것 같습니다."

"아냐아냐, 오랜만에 맘에 드는 후배가 왔는데 선배가 잘 챙겨 줘야지. 안 그래? 형이 너 부대 올 때까지 얼마나 기다렸는지 아냐?"

"하하…… 좋게 봐주셔서 감사합니다."

마음에 드는 후배.

그 말에 대한은 자신의 미래가 그려졌다. 부대 내 축구 단톡방에 초대되어 시도 때도 없이 불려 나가는 그런 미래가.

'이번에도 공은 원 없이 차겠네.'

전생에도 그랬었는데 이번에도 뻔하겠군.

그래도 차현수보단 나았다.

현정국은 축구 잘하고 공 차러만 잘 나오면 아무 문제가 없는 사람이었으니까.

"안 그래도 요즘 풋살 인재가 없어서 아쉬웠는데 대한이한테 거는 기대가 커. 그나저나 인사장교 어디 갔는지 아냐?"

인사장교.

그게 본론이었다.

현정국이 차현수를 직접 찾으러 왔다는 건 절대 커피나 한잔하러 온 게 아니었다.

분명 단장님에게 반려 당한 서류 때문이겠지.

단장님의 심기에 가장 민감한 곳이 바로 정작과였으니까.

그렇기에 확신했다.

지금 현정국은 보고서를 개판으로 올린 차현수를 갈구러 온 것이라는 걸.

현정국의 물음에 대한이 적당히 둘러댔다.

"조금 전에 흡연하러 나갔습니다."

"응? 흡연장에 없던데?"

음.

다른 핑계를 댈 걸.

대한은 당황하지 않고 프로답게 다른 핑계를 댔다.

"그럼 화장실에 간 것 같습니다. 아까 계속 배 아프다고 하셨습니다."

"그래? 내가 분명 서류 수정 다 하기 전까지 지원과 자리 비우지 말라고 했는데……."

그런 말을 했었단 말이야?

차현수도 참 폐급이다.

그런 말을 듣고도 피엑스 갈 생각을 다 하다니.

그 순간, 대한의 머릿속에 좋은 생각이 떠올랐다.

"서류라면 이거 말씀이십니까?"

"음?"

대한은 서류 교체를 마친 결재판을 현정국에게 내밀었다.

현정국은 찌푸린 미간으로 새 보고서를 확인했고…….

"……어?"

좁혀진 미간이 다른 의미로 변했다.

그에 대한이 모른 척 물었다.

"왜 그러십니까?"

"아냐, 아무것도. 진작에 이렇게 좀 쓰지. 대한아, 이거 내가 가져가서 단장님께 보고드린다고 인사장교 오면 말 좀 전해라."

"예, 알겠습니다. 충성!"

현정국이 싱글싱글 웃으며 지원과를 나섰다. 그리고 그 뒷모습을 지켜보던 대한도 싱긋 웃으며 중얼거렸다.

"그래. 보고서는 저런 반응이 나와야지. 우리 현수가 부디 보고 배워야 할 텐데……."

이후, 대한은 곧장 차현수에게 전화를 걸었다.

"충성! 인사장교님, 소위 김대한입니다."

–어, 왜.

차현수는 무언가를 먹고 있는 듯 발음이 정확하지 않았다.

안 봐도 뻔했다.

좋아하는 라보떼 아이스크림이나 먹고 있겠지.

대한이 속으로 한숨을 내쉬며 말했다.

"좀 전에 작전장교님 왔다 가셨습니다."

–뭐! 켈록, 켈록! 작전장교님이? 혹시 나 피엑스 갔다고 했냐?

어지간히 놀란 모양이네.

하긴 그럴 만도 하지.

대한이 안쓰러움을 감추며 말했다.

"아닙니다. 흡연장 갔다가 배 아파서 화장실 가신 것 같다고 했습니다."

–그래? 야, 잘했다. 일단 급하니까 이따 다시 전화할게.

급하게 전화를 끊은 것에서 차현수의 다급함이 느껴진다.

안 봐도 뻔했다.

변명하러 정작과에 가려는 걸 테지.

대한은 손목시계를 보며 생각했다.

'얼마 만에 돌아오려나.'

대한은 다시 음료수 캔을 입으로 가져갔다.

✵

그 시각.

차현수의 발등에 불이 떨어졌다.

'설마 올까 했는데 진짜 오다니.'

미칠 노릇이었다.

안 그래도 현정국이 자기를 별로 좋아하지 않는 것 같은데 그런 와중에 더 찍히게 생겼으니 말이다.

그래도 대한이 변명을 잘해 놓은 덕분에 어쩌면 잘 넘어갈 수도 있겠다는 생각이 들었다.

'설마 배 아프다고 한 사람을 털겠어? 하, 그나저나 서류 수정 어떻게 하냐.'

인사장교가 된 지 이제 겨우 한 달.

차현수는 본인이 능력이 없다는 것을 잘 알고 있었다.

그도 그럴 게 차현수는 아직도 한글과 워드가 어려웠고 이외에도 잦은 실수 탓에 매일같이 혼나고 있던 실정이었으니까.

물론 시간을 내서 한글과 워드를 공부해 볼 생각은 안 했다. 웬만하면 행정병한테 짬시키면 됐으니까.

잠시 후, 정작과 앞에 도착한 차현수는 천천히 숨을 고른 후 조심스레 문을 두드렸다.

"인사장교입니다. 들어가도 되겠습니까?"

안에서 들어오라는 말이 들렸고.

"충성. 정작과에 용무 있어 왔습니다."

"어, 인사 왔냐."

현정국이 사람 좋은 얼굴을 하고 차현수를 맞이했다.

이상했다.

왜 웃고 있는 거지?

너무 화가 나서 머리가 돌아 버린 건가?

그러나 더 이상한 건 그다음이었다.

"야, 수정 잘했더라. 진작에 이렇게 좀 하지. 단장님 검토받았으니까, 과장님 거쳐서 결재 올려놔."

엥?

이건 또 무슨 말이야?

수정을 잘했다니?

차현수는 현정국의 말을 이해할 수 없었다.
당연했다.
차현수는 대한이 계획서를 수정했다는 사실을 몰랐으니까.
하지만 이 상황에 무슨 말이냐고 물어볼 수도 없는 노릇.
심지어…….
"단장님도 칭찬하시더라. 앞으로 이렇게만 뽑아 오라시네. 넌 잘하면서 왜 여태 안 했냐? 나가서 담배나 한 대 피우자."
……단장님까지 칭찬했단다.
아마 군 생활하면서 처음 듣는 단장님의 칭찬이었다. 알쏭달쏭한 일이었지만 우선은 자연스럽게 상황을 넘겨야 했다.
더불어 지금 이 기분을 망치고 싶지 않았다. 현정국과 단장은 차현수가 평소에 어렵게 느끼고 있던 사람들이었으니까.
"예, 알겠습니다!"
차현수가 강아지처럼 현정국을 따라나섰다.

✻

그로부터 얼마 뒤.
지원과로 돌아온 차현수는 급히 대한을 찾았다.
"어, 여기 있었구나. 야, 근데 작전장교님이 가져가신 서류가 뭐냐?"
상황을 넘겼으니 이제는 뒷수습을 해야 할 때.

차현수의 물음에 대한이 미리 뽑아 놓은 종이 한 장을 내밀었다.

"제가 임의로 만들고 있던 건데 작전장교님께서 착각하고 가져가신 것 같습니다."

"뭐?"

대한의 말에 차현수는 그제야 보고서를 확인해 보았다.

그런데…….

'어라?'

보고서를 본 차현수는 자기도 모르게 놀랄 수밖에 없었다.

"…이게 네가 한 거라고?"

"그렇습니다."

차현수가 의심 가득한 눈초리로 대한을 흘겨보았다.

저놈 저거 눈빛 봐라.

개털릴 거 구해 줬더니 눈빛 꼬라지 하고는…….

아마 의심하는 게 아니라 그게 왜 칭찬받은 건지 알 수가 없는 걸 테지.

미운 정도 정이라고 대한은 특별히 넓은 아량을 베풀어 한 수 가르쳐 주기로 했다.

대한이 어색하게 웃으며 뒷말을 덧붙였다.

"……제가 아직 부대에 아는 게 많이 없어 새로운 내용을 추가하기 보단 기존의 보고서를 간소화하는 것에 중점을 두어 보았습니다."

"간소화에?"

"예. 기존의 보고서는 내용 자체적으로는 너무 훌륭해서 제가 자료를 보강해 봤자 의미가 없을 것으로 판단했기 때문입니다."

"……그래?"

훌륭이라는 말에 눈빛이 금방 누그러진다.

단순한 놈 같으니.

대한은 말을 이어 나갔다.

"예, 혹시 저 때문에 문제가 생기셨다면 죄송합니다. 앞으로 더 열심히 보고 배워서 발전하도록 하겠습니다."

대한이 잔뜩 죄송하다는 표정을 지으며 고개를 숙여 보이자 그래도 최소한의 양심은 있는지 차현수가 급히 헛기침을 했다.

"흠흠, 그래. 잘하긴 했는데 그래도 아쉬운 점이 좀 보이긴 하네. 그래도 잘했어. 부족한 건 앞으로 배워 가면 되는 거니까."

쯧쯧.

솔직하지 못한 놈.

이 와중에도 자존심 챙기기라니.

대한은 순간 부족한 점에 대해 알려 달라고 하려다 이번 한 번만 봐주기로 했다.

다른 사람들이 있는 자리라면 모를까, 단 둘이 있는 자리에서 괜히 차현수의 자존심을 자극할 필요는 없었으니까.

"예, 앞으로 많은 지도 편달 부탁드리겠습니다."

"그래…… 근데 너 참 맘에 드네. 군 생활은 걱정하지 마라,

내가 잘 이끌어 줄 테니까. 모르는 거 있으면 물어보고.”

“예, 감사합니다.”

그때였다.

똑. 똑. 똑.

노크 소리가 들렸고.

“들어와.”

대한의 동기들이 전입신고 시간에 맞춰 지원과에 도착했다.

숫자는 4명.

그중에는 심형준도 있었다.

지원과에 들어서자마자 육사 출신의 마익형 소위가 큰소리로 차현수에게 경례했다.

“충성! 인사장교님 잘 지내셨습니까?”

“오, 육사 왔냐?”

“예, 동원 훈련 준비 때문에 바쁘시다 들었는데 뭐 도와드릴 것 없습니까?”

“아무리 그래도 내가 소위들 도움받을 건 없지. 신고 끝내고 중대 가서나 도와.”

차현수의 허세 가득한 대답에 대한은 속으로 픽 웃었다.

조금 전까지만 해도 대형 사고 낼 뻔한 주제에 무슨.

언제 사람 되려나.

그런 사정일랑 모를 마익형이 웃으며 대답했다.

“역시 인사장교님이십니다. 예, 알겠습다!”

"오케이. 그럼 이제 너희 다 온 거지?"

"예, 그렇습다."

"그럼 난 단장님께 너희 도착했다고 보고드리고 올 테니까 여기서 대기하고 있어."

"예, 다녀오십쇼. 충성!"

"오냐."

차현수가 손을 대충 휘저어 경례를 받아 주었고 차현수가 나간 뒤, 동기들은 그제야 짐을 내려놓고 대한의 주위로 하나둘씩 앉았다.

의자에 엉덩이를 붙이자마자 마익형이 대한에게 질문했다.

"일찍 왔네, 대한아? 언제 왔어?"

"한두 시간 전쯤?"

"아, 그래? 이럴 줄 알았음 미리 연락해서 같이 올 걸 그랬나?"

마익형이 짐짓 미안한 기색을 보인다.

그러나 대한은 저 말이 진심이 아님을 알았다.

'자식, 빈말 던지는 건 여전하네.'

마익형도 참 오랜만에 보는 동기였다. 물론 심형준을 제외한 다른 두 사람도 마찬가지였지만.

그나저나 마익형 저 자식, 진짜 오랜만에 보는 것 같은데 젊었을 때가 더 뺀질뺀질하게 생겼구나?

얼핏 보면 마익형은 좋은 사람처럼 보인다.

하지만 대한은 알고 있었다.

마익형이 얼마나 치졸하고 선민사상에 찌들어 있는 인물인지.

처음엔 몰랐다.

늘 사람 좋은 얼굴을 하고서 미안하다는 말을 입에 달고 살았으니까.

하지만 녀석이 입에서 미안하다는 말을 달고 사는 이유는 일부러 상대를 곤란하게 만들기 때문이다.

쉽게 말해 여우과였다.

그것도 아주 음습한.

대표적인 예로 자기는 일찌감치 장포대 루트…… 그러니까 '장군을 포기한 대령'으로 적당히 복무하다 전역할 거라고 떠들고 다녔는데 지금 생각해 보면 참 이상했다.

현역 대령이라면 모를까, 이제 겨우 갓 소위 주제에 육사 출신으로서 벌써부터 장군을 포기할 이유가 없었기 때문이다.

물론 옛날에는 믿었었다.

그래서 방심도 많이 했고.

하지만 이번에는 어림도 없었다.

곰이었던 과거와는 달리 이번에 여우로 살기로 했으니까.

'그것도 꼬리 아홉 개 달린 불여우로 말이지.'

대한이 웃으며 말했다.

"다음에 같이 움직이면 되지. 그나저나 형준이 넌 왜 그렇게 죽상을 하고 있어?"

"말시키지 마라, 해장 못 해서 죽을 것 같으니까."

"그래?"

대한이 냉장고에서 이온음료 하나를 꺼내 심형준에게 주며 말했다.

"전입신고 전날인데 적당히 마시지 그랬냐. 단장님이랑 이야기할 때 술 냄새 나면 어쩌려고."

"몰라 인마, 어제 얼마나 먹었는지 기억도 안 난다. 근데 오늘 점심 뭐냐?"

"카레."

"……아, 씨바."

심형준은 절망했다.

원래도 카레를 싫어했지만 군대 카레는 더 맛이 없었으니까.

그때, 지원과 문이 열리며 차현수가 소위들을 불렀다.

"나와. 지금 바로 가게."

"예, 알겠습니다!"

바로 들어간다는 말에 모두들 거울 앞에서 전투복 상태를 점검한 뒤, 차현수를 따라 단장실 앞으로 이동했다.

단장실 앞에 도착한 뒤, 차현수는 단장실에 노크하기 전 소위들을 둘러보던 끝에 대한의 어깨를 잡으며 부드럽게 말했다.

"야, 네가 제일 먼저 들어가서 경례해라. 목소리 크게 하고."

"예, 알겠습니다."

별일이었다.

당연히 마익형을 시킬 줄 알았는데.

그래서일까?

마익형의 얼굴에 미세한 표정 변화가 생겼다.

자식, 인상 구기기는.

벌써부터 이런 걸로 질투하나?

잠시 후, 호흡을 가다듬은 차현수가 문을 두드렸다.

“인사장교입니다. 들어가도 되겠습니까?”

그러자 문 너머로 들어오라는 허락이 떨어졌고 대한이 먼저 문을 열고 들어가 단장실이 떠나가라 경례했다.

“충! 성!”

“어, 그래 충성. 오느라 고생 많았다. 다들 자리에 편히들 앉도록.”

“예! 알겠습니다!”

“인사장교, 밖에 차 6잔만 가져다줘라.”

“예, 알겠습니다.”

이원영 대령.

그는 육사 출신으로 영전을 꿈꾸고 있으며 쉰이 넘은 나이였지만 군살 하나 없이 탄탄한 근육이 인상적인 사내였다.

‘몇 주 사이에 근육이 더 커진 것 같네.’

특히 전투복 소매를 뚫고 나올 것 같은 삼두가 그랬다.

이원영이 사람 좋은 얼굴로 말했다.

"신고는 지휘 실습 기간에 했으니 생략하고 오늘은 간단하게 면담이나 하자꾸나."

이원영이 소파에 몸을 기대며 소위들 얼굴을 하나하나 살피며 말했다.

"그거 아나? 나 정도 복무하면 이젠 소대장들 눈빛만 봐도 군 생활을 얼마나 잘할지 알 수가 있다는 거? 그런 의미에서 오늘 소대장들 얼굴을 보니까 따로 걱정 안 해도 되겠다."

"감사합니다!"

"열심히 하겠습니다!"

이원영의 말이 끝나기 무섭게 우렁찬 대답들이 이어졌다.

이윽고 차현수가 차를 내어 왔고 이원영이 차를 한 입 마시며 말했다.

"그럼 시시콜콜한 이야기들은 그만하고…… 이중에 혹시 장기 복무 희망하는 사람 있나? 그래, 김대한 소위부터 한번 말해 봐."

질문하는 이원영의 눈빛이 심상치 않다.

그도 그럴 게 소위 5명 중 대한과 심형준을 제외하면 모두 육사나 삼사 출신이라 사실상 이 질문은 대한과 심형준을 겨냥한 것이기 때문.

그 의도를 잘 알았기에 대한은 자신감 넘치는 목소리로 대답했다.

"예! 저는 복무 연장 없이 딱 복무 기간만 마치고 전역할 생각입니다!"

그 말에 순식간에 방 안 분위기가 싸늘하게 식었다.

동기들은 대한의 폭탄 발언에 놀라 눈알 굴리기 바빴고 이원영은 도리어 흥미롭다는 기색을 띠었다.

학군단들이 복무 기간만 채우고 전역한다는 건 모두가 아는 사실.

하지만 보통은 장기를 희망하지 않더라도 예의상으로나마 장기를 희망한다고 하거나 고민해 본다고 한다.

그런데 이제 막 인사하러 온 소위가 패기 넘치게 단장 앞에서 이런 말을 하다니?

이런 경우엔 둘 중 하나였다.

또라이거나 폐급이거나.

이원영이 입가에 미소를 띤 채 물었다.

"재밌네. 보통은 빈말이라도 할 텐데 왜지? 군인이라는 직업이 별로인가?"

인자해 보이는 저 미소.

마치 정말 궁금하다는 듯이 물어보는 표정이었지만 절대 아니었다.

저건 입에 꿀이 있고 배에 칼이 있다는 구밀복검(口蜜腹劍)의 수로 절대로 방심해선 안 됐다.

그렇기에 대한이 자신 있게 대답했다. 대한은 이원영이라는 사람이 어떤 사람인지 매우 잘 알고 있었으니까.

“아닙니다! 군복을 입은 기간이 별로 길지는 않지만 군인만큼 좋은 직업도 없다고 생각합니다!”

“그런데 왜 나가려고 하나? 보통은 고민하는 척이라도 하던데 말이야.”

“충분히 고민해 봤습니다. 하지만 제가 만약 진급에 욕심을 내면 제 스스로가 욕심에 눈이 멀어 그릇된 선택을 할 수도 있겠다는 생각이 들었습니다. 그럴 바엔 차라리 장기 욕심을 버리고 그 누구보다도 투명한, 그리고 후회 없는 군 생활을 하고 싶습니다.”

적당한 포장과 진심을 섞은 대답이었다.

그 말에 마익형이 속으로 비웃었다.

‘지랄하네. 아무리 그럴싸하게 포장해 봤자 어디 쏘가리가 겁도 없이 단장 앞에서…….’

그러나.

“훌륭하군.”

이원영은 흐뭇하게 웃었다.

“빈말 따위가 아닌 군인 정신으로 무장된 참 군인이야. 자네 같은 인재들이 더더욱 군에 남아야 하는데 말이지.”

그 말에 마익형의 눈이 휘둥그레 커졌다.

저따위 구라에 속는다고?

그러나 뭐가 됐든 확실한 건 대한을 바라보는 이원영의 시선이 한층 더 깊어졌다는 것.

그렇게 심형준을 비롯한 동기들에게 질문이 이어졌으나……

"기회가 주어진다면 장군이 되어 보고 싶습니다."

"단기 복무이지만, 군 생활을 더 할지는 일단 제대로 해 봐야 알 것 같습니다."

"여기서 배운 것을 기반으로 사회에 이바지하겠습니다."

그 어떤 대답도 대한이 한 것만 못 했다.

이윽고 마지막 대답이 끝나자 이원영이 찻잔을 내려놓으며 말했다.

"그래도 이번엔 어벙한 놈은 없는 것 같네. 다들 소대장 직책을 수행할 텐데 병력들 관리 잘해 주길 바란다."

"예, 알겠습니다!"

"따로 어떻게 하라고 하진 않으마, 각자 생각했던 지휘 방법이 있을 테니까. 하지만 병력들이 없으면 우리 간부들도 없다는 걸 항상 명심해야 한다."

쉽게 말해 병사들 괴롭히지 말고 사고치지 말라는 말.

슬슬 면담 분위기가 마지막에 이르자 이원영이 소파에 편히 기대며 말했다.

"그럼 마지막으로 단장에게 건의할 사항이나 궁금한 것 있나? 편하게 한번 말해 보도록."

계급 차이가 무려 5칸이다.

이 상황에 누가 자신 있게 이야기할 수 있을까?

하지만 대한은 달랐다.

군 생활 2회차, 장기 복무에 미련 없는 소위였기에 당당히 손을 들었다.

"소위 김대한! 단장님께 부탁드리고 싶은 것이 있습니다!"

"오, 김 소위. 한번 말해 봐."

대한이 손을 들자 이원영의 눈에 또다시 이채가 띠었다.

동시에 동기들의 표정에는 살기가 끼었고.

Chapter 2

그러나 대한은 그러거나 말거나 당당하게 대답했다.

“예! 단장님께서만 허락하신다면 오늘 점심은 단장님과 함께 먹고 싶습니다.”

“점심을 말인가?”

“예. 단에서 근무하게 될 동기들을 제외하면 앞으로 단장님을 뵐 기회도 적을 것 같은데, 오늘 같은 날 단장님과 식사 자리를 함께하여 뜻깊은 기억을 남기고 싶습니다!”

그 말에 이원영이 눈빛으로 감탄했다.

이 자식…… 혓바닥 놀리는 폼이 예사 폼이 아닌 걸?

“후후, 그것 참 멋진 바람이군. 그래! 좋은 생각이다. 소위가 저 정도 패기는 있어야지.”

이원영이 흡족한 미소를 띠며 휴대폰을 꺼내 들었다.

그사이, 옆자리에 앉은 심형준이 대한을 원망스레 쳐다보며 조용히 속삭였다.

"……야, 나 해장 좀 하자. 나 이러다 죽어."

"보기나 해, 인마."

"……?"

그쯤 상대가 전화를 받았다.

"어, 정작과장. 오늘 소대장들이랑 밥 먹을 건데 간부 식당에 자리 좀 만들어라."

–예, 알겠습니다! 저, 근데 단장님. 오늘 식사가 카레입니다.

그 말에 이원영이 미간을 찌푸렸다. 카레 싫어하는 건 모든 군인들 공통이었으니까. 이원영이 잠깐의 고민 끝에 말했다.

"……입구에 차 대기시켜. 부대 앞에 있는 갈비탕 먹을 거니까."

–옙! 준비되는 대로 보고드리겠습니다.

갈비탕.

그 말에 대한이 흡족함을 표했다.

'잘됐네. 나도 카레 먹기 싫었는데.'

물론 단순히 카레 먹기 싫어서나 해장 못 한 동기 때문에 이런 부탁을 한 건 아니었다.

이런 식으로 눈도장을 찍어 두면 나중을 위해서라도 여러모로 편했기 때문.

게다가 말은 안 했지만 이원영도 대한의 건의가 내심 반가웠을 터. 그도 그럴 게 옛날 같았으면 억지로라도 소위들과 회식 자리를 만들었겠지만 이원영은 알고 있었다.

요즘 젊은 장교들은 회식을 싫어 한다는 걸.

그런 의미에서 차라리 점심에 맛있는 것을 사 주는 것이 더 좋았다.

그와 덧붙여 무엇보다도 명분이 좋았다.

소대장들 격려 차원으로 동석 식사라니, 이 정도면 다른 부대 지휘관들에게 자랑해도 될 정도였다.

메뉴가 갈비탕으로 확정되자 대한이 심형준에게 조용히 속삭였다.

"봤냐?"

"미쳤네, 이게 된다고?"

심형준은 대한을 구원자 보듯 바라봤다.

잠시 후 차가 준비되었고.

"다들 식사하러 가지."

맛있는 점심식사를 할 수 있었다.

✱

단장과의 식사를 마친 후, 대한은 짐을 챙겨 복무하게 될 151대대로 이동했다.

대대는 단과 50m정도 떨어진 거리였기에 금방 이동할 수 있었다.

마익형과 심형준은 단에서 소대장을 하게 되어 같이 오지 않았다.

함께 넘어 온 건 두 사람.

삼사 출신의 정호준과 윤지호였다.

그중 통통한 체형을 지닌 정호준이 조금 원망스러운 목소리로 호소했다.

"야, 그냥 우리끼리 먹지 왜 단장님이랑 먹자고 했냐. 나 체하는 줄 알았다."

"카레보단 갈비탕이 낫잖아."

"난 카레가 더 좋아."

"왜?"

"많이 먹을 수 있잖아."

"…내가 그걸 몰랐네, 미안하다. 근데 호준아, 혹시 해물비빔소스도 좋아하냐?"

"좋아하지?"

"그렇구나."

그렇군.

단순히 질보다 양을 추구하는 게 아니라 다 잘 먹는 편인데 그중에서도 양 많은 걸 더 좋아하는 거였어.

그때 잠자코 듣고 있던 윤지호가 말했다.

“야, 근데 너 아까 말 진짜 잘하더라. 근데 진짜 장기 안 하게? 그거 구라지?”

구라 아닌데?

너 같으면 소령 진급 다섯 번 떨어지고 하고 싶겠냐?

하지만 남의 속을 알 리가 없으니 곱게 대답해 주었다.

“진짜 생각 없는데? 학군단이 장기 해서 뭐 해?”

“그렇지? 그럼 대대에는 전부 단기자원들뿐인가?”

내심 자기도 단기자원인 척 하는 윤지호의 말에 대한은 피식 웃고 말았다.

대한은 알고 있었기 때문이다.

삼사 출신의 윤지호가 얼마나 진급에 목숨을 거는지.

대체 왜 저런 연막전을 펼치려는 건진 모르겠지만 이제 와서 보니 꽤나 귀엽게 느껴졌다.

이윽고 대대에 도착했을 무렵, 정호준이 말했다.

“인사과로 가면 되지?”

“어, 대대장님 신고해야지.”

단장님에 이은 대대장님 신고.

1년마다 부대를 옮기는 장교 특성상 부대에 온 첫날이 첫인상을 확인하는 날이기도 했다.

예컨대 어디서 근무했냐, 누구 아냐, 출신은 어디냐 등등 고리타분한 질문들이 쏟아지는 날.

과거의 오늘엔 참 긴장을 많이 했었는데 2회차라 그런지 지금은 그냥 빨리 끝내고 쉬고 싶다는 생각 밖에 안 들었다.

특히 새로 산 집에서 대구 전경을 바라보며 느긋하게 휴식을 취하고 싶었다.

'하지만 한동안은 숙소에서 살아야겠지.'

의무복무 기간이었지만 직업 군인이기에 집에서 출퇴근해도 되긴 했다.

하지만 아직은 아니었다. 아무리 군 생활에 뜻이 없다고 해도 벌써부터 집에서 출퇴근 해 버릇하기 시작하면 꼬인 간부들 입에 오르내릴 게 뻔했으니까.

'괜히 뒷말 나올 바엔 그냥 숙소에서 지내는 게 낫다.'

자고로 사회생활은 적이 없는 게 제일이다.

대한의 목표는 편안한 군 생활이었고.

잠시 후, 인사과 앞에 도착한 세 사람 중 대한이 대표로 문을 두드렸다. 그러자 들어오라는 소리가 들렸고.

"충성! 소위 김대한 외 2명, 인사과에 용무가 있어 왔습니다!"

"어, 소대장들 왔나."

대한과 동기들을 맞이한 건 다름 아닌 1중대장 이영훈 대위였다.

당연히 인사과장이 맞아 줄 거라 생각했는데 중대장이라니?

소위들이 의문스러운 표정을 짓자 이영훈이 가볍게 상황 설명을 시작했다.

"동원 때문에 대대장님이랑 인사과장은 단에 회의 갔어. 대대장님이 전입신고는 내일 한다고 하셨으니까 너흰 중대장들 통제받으면 된다. 호준이랑 지호는 2중대 올라가면 되고 대한이는 나랑 가자. 중대원들한테 인사하러 가야지?"

"예, 중대장님."

인사과에서 나와 중앙 계단을 통해 2층으로 올라가니 행정반 앞에 1중대원들이 모여 있었다.

이영훈이 홍해 가르듯 중대원들 사이를 가르며 행정반 입구 앞으로 가 대한을 세웠다.

"저번 달쯤에 봤지? 못 봤던 사람들은 지금 알면 될 거고. 김 소위, 중대원들한테 자기소개해."

이영훈의 말이 끝나기 무섭게 중대원들이 박수치며 환호해 주었다.

다들 아는 얼굴들이었다.

본인의 소대원이었던 1소대는 물론, 같은 중대원으로서 아꼈던 병사들 또한 여전했다. 그리고 여전하다는 건…….

'다들 개조가 필요한 상태라는 뜻이지.'

대한은 웃으면서 박수 쳐 주는 중대원들의 천진난만한 얼굴을 믿지 않았다. 저놈들의 진실은 이미 겪을 대로 겪어 그 누구보다도 잘 알고 있었으니까.

하나 대한은 모른 척 표정 관리를 하며 자기소개를 시작했다.

"반갑습니다. 이번에 1중대 1소대장으로 오게 된 김대한 소위라고 합니다. 저는 중대장님의 지휘 중점에 따라 소대를 지휘할 것이며, 소대원들의 불만사항을 최대한 수용하며 여러분들이 안전하고 행복하게 군 생활을 마무리할 수 있도록 최대한 힘쓰는 것이 목표입니다. 이상입니다."

대한의 말이 끝나자 다시 한번 박수갈채가 이어졌고 이영훈이 대한의 어깨를 감싸 쥐며 말했다.

"소대장한테 궁금한 건 차차 물어보도록 하고, 오늘 동원 준비로 바쁜 거 알지? 빨리 움직여서 체력 단련 시간 전까지 무조건 끝낸다, 알겠나?"

"예, 알겠습니다!"

"그리고 오늘 2중대랑 축구 한판 해야지?"

"좋습니다!"

중대원들의 큰 목소리가 마음에 들었는지 이영훈이 흡족함에 고개를 끄덕이며 말했다.

"이번에도 왕고빵이니까 빨리 끝내고 복귀해서 몸 풀고 있어라 알겠나?"

"예! 알겠습니다!"

그 말을 들은 대한은 속으로 고개를 저었다.

'그래, 여긴 왕고빵을 했었지.'

왕고빵이란, 내기를 하되 양측의 제일 선임의 카드를 걸고 하는 151대대만의 구린 전통이었다.

쉽게 말해, 중대별 대항전에서는 중대장이 제일 왕고이니 1중대가 패배하게 되면 중대장 카드로 모든 걸 결제해야 한다.

그 덕에 중대 대항전이 있을 때 마다 각 중대원들은 마치 한 일전처럼 경기에 임했다.

만약 경기에서 패배해 중대장 카드라도 쓰게 되면 중대장들의 히스테리가 장난이 아니었으니까.

'중대장 히스테리는 뭐 굳이 비교하자면 양반이라고 볼 수 있지. 진짜 문제는…….'

왕고빵의 진짜 문제는 다른 곳에 있었다.

중대장들이 스스럼없이 왕고빵을 하자 그 밑 간부들이나 병사들도 자연스럽게 왕고빵을 하는 문화가 생겨난 것.

얼핏 보면 화끈한 남자들의 내기처럼 보일 수도 있으나 이게 지속되다 보면 내기에서 카드를 주는 사람들의 부담이 상당해졌다.

그도 그럴 게 아무리 피엑스 간식 내기라고 해도 티끌 모아 태산이라고 패배 몇 번이면 적잖은 돈이 나갔기 때문.

쉽게 말해 악습이었다.

'그냥 놔둘까?'

물론 백억대 자산가인 대한에겐 더 이상 악습이 아니게 되긴 했지만…….

그때, 이영훈이 대한에게 어깨동무를 하며 말했다.

"1소대장, 너도 무조건 참가야. 그리고 내 지휘 중점은 2중대에게 지지 말자고. 알았지?"

"예, 알겠습니다."

두 눈에 열기를 활활 불태우는 이영훈을 보며 대한은 생각했다.

없앨 수 있다면 없애 봐야겠다고.

돈 문제를 떠나 대한은 중대장의 히스테리가 싫었으니까.

이어서 중대장이 지시를 내렸다.

"그건 그렇고 지금 1소대가 사격장에서 지뢰 교장 세팅하고 있거든? 오전에 내가 분대장들한테 다 지시해 놨으니 가서 애들 감독만 하면 돼. 쉽지?"

"예, 알겠습니다. 체력 단련 시간 전까지 끝내고 내려오겠습니다."

"좋다. 바쁠 때 와서 정신없겠지만 수고 좀 해 줘라."

지시 사항과 함께 이영훈이 대한의 등을 툭툭 쳐 주며 격려해 주었다.

이렇게만 보면 참 좋은 중대장 같다.

'이렇게만 보면 말이지.'

대한은 문득 이영훈의 눈 밖에 벗어나 힘들었던 과거의 기억들이 떠올랐다.

'처음엔 지원과 가기 전에 자기한테 먼저 보고 안 했다고 지랄, 그다음은…….'

처음 이영훈을 본 군인들은 모두 다 입을 모아 참 사람 좋아 보인다고 이야기한다.

하지만 시간이 지나 이영훈에게 하나라도 꼬투리가 잡히면 그때부턴 평가가 완전히 뒤집히게 되는데.

대한의 경우엔 다음 주에 있을 동원 훈련 때 병력들 통제를 제대로 하지 못해서였다.

'그때 참 힘들었는데.'

그 이후, 조금만 잘못해도 대역죄인 취급하는 이영훈의 화법은 대한의 자신감과 자존감을 바닥 치게 만들었다.

'뭐…… 지금 생각해 보면 별로 억울할 건 없긴 하지. 병력 통제를 잘 못 했던 건 사실이니까.'

하지만 누구에게나 처음은 있고 더 나아질 거라는 기대가 있기에 희망을 품고 함께할 수 있는 것.

근데 이영훈에겐 그런 이해심이 없는 사람이었다. 그는 스스로에겐 관대하고 타인에겐 엄격한 사람이었으니까.

그러니 이번 생에 군 생활을 편히 하고 싶다면 적어도 이영훈에게 꼬투리 잡힐 일은 만들어선 안 됐다.

'빈틈이 있을 수가 없지. 내가 이 바닥에서 먹은 짬이 얼만데.'

1차나 2차에 진급한 소령보다도 선배였던 대한이었다.

그런 자신이 한낱 중대장 따위에게 트집을 잡힐까.

다짐에 또 다짐을 거듭한 대한이 소대원들과 함께 사격장으로 이동하기 시작한다.

✷

대대 막사를 나와 단 막사의 좌측에 있는 오르막을 조금 올라가면 나오는 사격장.

이곳이 동원 훈련 간 지뢰 교육장으로 쓰일 곳이었다.

대한은 자연스레 사격장의 100m 표적이 있는 곳으로 향했다.

그러자 오전에 작업했던 흔적들이 보였고 대한은 곧장 소대원들에게 휴식을 부여했다.

"오느라 고생했으니까 10분만 쉬었다가 하자."

"예!"

일단 도착했으니까 쉬어야지.

대한은 사격장의 경사진 부분에 걸터앉았고 소대원들도 그 옆에 하나둘씩 자리를 잡고 앉기 시작했다.

"소대장님은 축구 잘하십니까?"

대한의 눈치를 보던 소대원들이 슬슬 대한에게 말을 붙이기 시작했다.

"그냥저냥."

"에이, 그런 사람치고 축구 못하는 사람 못 봤습니다."

"진짜 그냥저냥이면 어쩌려고?"

"그럼 뭐…… 카드 불나는 거 아니겠습니까?"

음흉한 미소와 함께 살살 농담을 던지는 녀석.

어깨에 녹색 견장을 찬 녀석의 이름은 '곽주진' 병장으로 1소대 1분대의 분대장이자 소대장을 제외하면 최고 선임이자 권력자였다.

'그리고 애들 엄청 괴롭히고 간부들이랑도 맞먹으려는 어마어마한 놈이지.'

돌이켜 보면 곽주진 때문에 참 힘든 일들이 많았다.

지시하는 모든 것에 불평을 달며 결국엔 본인 편한 대로 일을 진행시키는가 하면, 부임 초에 일어난 크고 작은 사건에는 모두 곽주진이 연루되어 있을 정도.

덕분에 대한은 중대장에게 혼나기 일쑤였고 이는 곽주진이 전역하기 전까지 이어졌었다.

'그땐 참 드세 보였는데 지금 다시 보니까…….'

그냥 애였다. 그때 눌려 있었던 게 부끄러울 정도로.

그러니 이번엔 받은 만큼…… 아니, 그 이상으로 되돌려 줄 생각이었다.

녀석은 그래도 되는 놈이었으니까.

대한이 피식 웃으며 말했다.

"불 좀 나면 어때?"

"예?"

"불 좀 나면 어떠냐고, 피엑스 싸잖아."

"에이, 피엑스가 싸긴 해도 먹을 입이 많아지면 무시 못 합니다, 티끌 모아 태산이란 말이 있잖습니까?"

"괜찮아. 그러니까 양껏 먹어."

"그러다 후회하십니다?"

"그래그래. 어디 후회 좀 하게 해 줘 봐라."

대한의 태평한 태도에 곽주진이 헛웃음을 터뜨렸다.

표정이 꼭 '이 새끼 봐라?' 하는 표정이었는데 그도 그럴 게 곽주진이 가진 가장 큰 무기가 바로 '돈'이었으니까.

'저놈 아버지가 KG건설 사장이었나. 하여튼 돈 하나는 무자게 많았지. 간부들 왕고빵 비용을 대신 내줬을 정도니까.'

곽주진이 초면에 돈 이야기를 꺼내는 것도 다 이런 이유 때문이었다.

그놈의 왕고빵 때문에 대한도 한때는 곽주진에게 신세를 졌었으니까. 물론 대한뿐만이 아니라 다른 초급 간부들 대부분이 곽주진에게 신세를 졌다.

그러다 보니 다들 자연스레 곽주진의 눈치를 볼 수밖에 없었던 것.

가난은 계급에 상관없이 모두에게 평등했으니까.

대한이 곽주진에게 씨익 웃어 주며 나라 사랑 카드를 꺼냈다.

"피엑스 갔다 올 사람 거수."

그에 소대원들이 눈치만 볼 뿐 아무도 손을 들지 않았다.

아마 곽주진 때문이겠지.

대한이 조용한 주위를 둘러보고는 뒷말을 붙였다.

"없어? 심부름 갔다 오는 놈은 담배고 뭐고 다 사도 되는데?

선착순 2명."

"병장! 박태현!"

"일병! 김훈!"

"어디 짬찌 새끼가, 손 안 내려? 상병! 옥지성!"

역시 돈의 힘이란.

대한은 손든 사람들 중 두 사람을 지목했다.

"인생은 선착순이지. 태현이랑 훈이가 갔다 와. 지성이는 이따 하는 거 보고 사 줄게."

"진짜 사 주시는 겁니까?"

"시키는 일 제대로 하면."

"에이 소대장님, 저 나름대로 비싼 몸입니다. 겨우 담배 하나에 저를 팔 것 같습니까?"

"한 보루라도?"

"명령만 내려 주십시오, 소대장님. 이 한 몸 다 바쳐 충성을 다하겠습니다."

한 보루란 말에 옥지성이 바로 자리에서 일어나 대한에게 FM 자세로 경례했고 그 모습에 대한도 피식 웃으며 가볍게 경례를 받아 주었다.

'그래, 생각해 보니 지성이도 있었지.'

옥지성은 사회에서 노가다만 3년을 하고 들어온 병사로 굳이 비교하자면 짬 중사급으로 일을 잘했다.

문제는 일을 시키기가 힘들다는 것.

꼴에 상병이라고 후임들이 쌓이자마자 소대장 대신 현장감독을 자청해 항상 뒤에서 노닥거렸기 때문이다.

물론 그것만 해도 일의 효율성은 엄청나게 올라갔지만 그래도 옥지성이 직접 작업하는 현장은 작업 속도 자체가 달랐다.

대한이 미소를 유지하며 말했다.

"그럼 말 나온 김에 지성이도 일 하나만 할까?"

"상병, 옥지성!"

"애들 피엑스 갈 때 따라가서 창고 좀 갔다 와."

"창고는 무슨 일 때문에 그러십니까?"

"곡괭이 좀 가져와. 있는 거 다."

곡괭이란 말에 옥지성이 미간을 좁혔다.

"곡괭이는 뭐 때매 그러시는 건지 여쭤봐도 되겠습니까?"

"싫어? 싫으면 다른 애 보내고."

"아, 아닙니다! 잘 가져올 수 있습니다!"

"곡괭이가 좀 많으면 태현이랑 훈이도 좀 도와."

"예, 알겠습니다."

"그래, 그럼 가서 애들 마실 거랑 해서 좀 넉넉하게 사 와. 출발."

"옙!"

이윽고 심부름꾼들이 출발하자 그 모습을 지켜보고 있던 곽주진이 약간 어이없다는 표정을 지어 보였다.

'이 새끼 뭐야?'

한 보루라니?

기선제압 한번 해 보겠다고 허세 부리는 건가?

그때, 대한이 못생긴 표정을 짓고 있는 곽주진에게 질문했다.

"주진아, 오전에 작업 뭐 했냐?"

"아…… 일단 표지판만 박아 놨습니다."

"예비군들 앉을 자리는?"

"그게 뭡니까?"

"아냐, 모르면 됐어."

대한이 자리에서 일어나 엉덩이를 털며 말했다.

"모여 봐."

소대원들이 대한의 앞으로 모였고.

"애들 오는 동안 예비군들 앉을 자리나 만들자. 사격 보조 교장에 가면 판자 긴 거 있거든? 몇 명 가서 그거 3개만 가지고 와. 나머지 애들은 이쪽에 있는 돌 좀 주워서 다 치워 주고."

대한의 말에 계급 낮은 병사들은 알아서 사격 보조 교장으로 향했고 나머지는 천천히 돌을 줍기 시작했다.

그 모습을 멍하니 보고 있던 곽주진은 뒤늦게 정신을 차리고 대한에게 다가와 말했다. 인상을 찌푸린 채.

"소대장님."

"왜?"

"이거 이렇게 하는 거 아닙니다."

"그럼 어떻게 하는 건데?"

"여기선 원래 앉을 곳을 만든 적이 없습니다."

"야, 주진아."

"예?"

"예?"

"아, 아니 그게 아니고…… 병장 곽주진."

대한의 정색에 당황한 곽주진이 서둘러 관등성명을 댄다.

그에 대한이 가볍게 웃으며 말했다.

"이럴 거면 그냥 네가 소대장 하지 그러냐?"

그 말에 곽주진의 얼굴이 일순 굳었다. 그도 그럴 게 이제껏 어떤 간부도 본인을 이딴 식으로 대접한 적이 없었으니까.

심지어 쏘가리 주제에 저런 말투라니? 전역을 3개월 앞둔 말년병장으로서 도저히 묵과할 수 없는 행동이었다.

'말년이라 곱게 넘어가려고 했더니 안 되겠네 이거.'

생각을 고쳐먹은 곽주진이 대답 대신 아무 말 없이 빤히 대한을 쳐다봤다.

'어쭈, 이 새끼 봐라?'

오기 부리네?

하지만 아직은 때가 아니지.

대한이 여전히 미소를 유지하며 말했다.

"주진아, 난 병장 안 건드려. 그러니까 너도 선 넘지 마."

"……일단 알겠습니다."

기 싸움에서 이겼다고 생각하는 걸까?

대한의 대답에 곽주진이 기세를 한풀 꺾으며 대답했다.

눈살은 여전히 찌푸리고 있었지만.

대한은 그런 곽주진이 퍽 귀엽게 느껴졌다.

아니, 이 상황 자체가 무척이나 재밌었다.

'애들 대드는 게 원래 이렇게 재밌었나?'

그건 아마도 언제든 상대를 요리할 수 있다는 자신감 때문일 테지.

대한이 턱짓으로 한쪽을 가리키며 말했다.

"그런 의미에서 저기 가서 망 좀 봐주라. 어차피 병장들은 일 시킬 생각 없으니까. 이 정도는 해 줄 수 있지?"

"일. 단. 알겠습니다. 소대장님."

음절까지 끊어 가며 대답하는 모습이라니.

대한은 그런 곽주진에게 웃어 보일 뿐 그 이상 말을 얹지 않았다.

이윽고 아까 출발했던 심부름꾼들이 곡괭이와 먹을거리를 잔뜩 들고 나타났다.

"다녀왔습니다, 소대장님."

"고생했다. 일단 먹고 하자."

대한은 소대원들의 손에 하나씩 먹을 게 들린 걸 확인한 후에야 입을 열기 시작했다.

"자, 주목."

"주목!"

"먹으면서 들어. 오후에 지뢰탐지기 교육장과 지뢰 매설 훈련 교육장을 만들 텐데, 만들기에 앞서 주변 땅을 곡괭이로 전부 뒤집을 거다."

대한의 말에 소대원들의 표정이 시시각각 변한다.

누군가는 의문 가득한 얼굴로, 누군가는 귀찮은 기색으로.

하나 대한은 전혀 아랑곳 않고 하던 말을 이어 나갔다.

"곡괭이가 몇 자루 안 되니까, 곡괭이가 없는 인원들은 돌들을 주워서 한곳에 모아 놓을 수 있도록. 그럼 오늘 할 일은 끝이다."

"저 소대장님? 중대장님이 오전에 말씀하시기로는 각 교육장마다 표지판을 세우라고 하셨습니다."

"세울 거야. 근데 그건 내가 할 거니까, 너휜 그냥 내가 시키는 것만 해."

그 말에 그제야 소대원들의 얼굴에 만족감이 떠올랐다. 그리고 뒤이은 대한의 말에 눈이 휘둥그레졌다.

"흡연자는 담배 피면서 작업하고 비흡연자 중에 담배 냄새 맡기 싫은 사람 있으면 나한테 와라. 다른 일하면 되니까. 빨리 끝내면 그 자리에서 바로 휴식하다가 시간 맞춰서 내려간다. 질문?"

"와."

"대박."

"역시 소대장님이십니다!"

"질문 없어?"

"없습니다!"

"그럼 가서 일해."

그 말에 옥지성이 박수를 치며 자리에서 일어났다.

그때, 가만히 지켜보던 곽주진이 손을 들었다.

"소대장님, 질문 있습니다."

"어, 주진아."

그 말에 모두의 시선이 곽주진에게로 모였다.

"근데 어차피 예비군들이 다 삽으로 땅 파 놓을 텐데 왜 굳이 곡괭이질을 하시려는 건지 물어봐도 되겠습니까? 그냥 표지판만 세워 두면 끝 아닙니까?"

그 말에 이번에는 대한에게로 시선들이 옮겨졌다.

대한이 고개를 살짝 옆으로 기울이며 물었다.

"주진아, 정말 몰라서 묻는 거야?"

"잘……못 들었습니다?"

대한의 되물음에 곽주진이 당황한 표정을 짓는다.

대한의 말이 이어졌다.

"물론 그러면 끝나는 일이긴 하지. 근데 딴 사람은 몰라도 주진이 넌 해 봐서 알 거 아냐, 여기 땅이 얼마나 안 파지는지."

현재 대한의 소대가 작업하려는 장소는 사격장의 100m 지점으로, 대규모 공사로 만들어진 곳이라 땅의 다짐도가 상당히 높았는데 그중에는 고운 흙만 있는 게 아니었다.

대한민국의 산 대부분이 돌산인 만큼 이곳 또한 돌과 자갈들이 엄청났으니까.

근데 모래사장에 삽질하라고 해도 힘들다고 할까 말까인 예비군들한테 이런 땅에 삽질하라고 시킨다면?

삽으로 땅 한번 찍어 보기만 해도 다행이었다.

말인즉, 아무도 지시에 안 따를 것이 뻔했고 그보다 더 큰 문제는 그 말 안 듣는 예비군들이 올해 다시 이곳에 온다는 것.

'악순환은 반복된다.'

대한은 그 고리를 끊고자 했다.

"작년에도 안 팠던 너네 선배들이 올해는 팔 것 같냐? 손 다친다고 안 파, 삽이 안 좋다고 안 파, 지뢰 무섭다고 안 파…… 그럼 결국 여긴 누가 파겠냐?"

그 말에 작년 동원 훈련을 겪었던 일부 소대원들의 안색이 어두워졌다.

대한의 말마따나 예비군이 말을 안 들으면 결국 자기들이 해야 했다. 훈련을 안 할 수는 없었으니까.

"예비군들한테 놀림당하면서 작업 하느니 그냥 우리끼리 먼저 해치우는 게 낫지, 안 그래?"

그 말에 엉거주춤 서 있던 옥지성이 가장 먼저 곡괭이를 들며 외쳤다.

"야, 빨리 땅 파라. 예비군들 생각하니까 벌써 머리 아프다."

그 말을 시작으로 소대원들 모두가 작업을 시작했다.

'이런 씨발…….'

할 말을 잃은 곽주진만 빼고서.

그로부터 한 시간.

사격장을 교육장으로 만드는 작업이 끝났다.

땅을 얼마나 헤집었는지 풀과 돌로 뒤덮여 있던 땅은 씨름장처럼 곱게 개어졌다.

'역시 동기부여만 한 원동력이 없지.'

정신이 힘든 것보단 몸이 좀 더 고된 게 낫다.

예비군들한테 놀림당하며 일할 바에는 귀찮더라도 그냥 미리 해 두는 편이 낫다는 말.

대한은 소대원들에게 휴식 시간을 부여한 후 이영훈에게 전화를 걸었다.

"어, 1소대장."

"충성! 중대장님, 여쭤볼 게 있어서 연락드렸습니다."

"왜, 사격장 작업에 문제 있나?"

"아닙니다. 작업은 문제없습니다. 다름이 아니라 아까 작전장교님께서 축구 하자고 하시면서 중대장님께 연락드린다고 하셨는데, 혹시 받은 연락이 있으신가 해서 확인 차 연락드렸습니다."

"……축구?"

대한의 말에 이영훈은 뒤늦게 휴대폰을 뒤지기 시작했고 얼마 뒤 수화기 너머로 욕설 섞인 혼잣말이 들려왔다.
"하, 시발. 준비하라는 문자가 축구 준비하란 거였구나……."
쯧쯧.
꼴을 보니 말 안 해 줬으면 큰일 났겠네.
대한이 말했다.
"죄송합니다. 2중대랑 축구 한다고 하실 때 미리 말씀드렸어야 했는데."
"아냐, 네가 뭘 죄송하냐. 지금이라도 알았으니 다행이지. 사격장 작업은 많이 남았나?"
"거의 마무리 단계입니다."
이미 끝난 작업이지만 굳이 솔직하게 말할 필요는 없다. 군대에선 일을 빨리 해 봤자 휴식이 아닌 새 일감만 추가되니까.
"그래, 애로 사항은 없고?"
"예, 없습니다."
"잘하고 있나 보네. 다치는 인원 생기지 않게 끝까지 집중해서 마무리하도록 하고 작업 끝나면 내려와서 환복하고 기다려. 나도 금방 끝내고 내려갈 테니까."
"예, 알겠습니다. 그럼 조금 이따 뵙도록 하겠습니다."
"그래, 고생해라."
"예, 고생하십쇼. 충성!"
대한은 전화를 끊으며 만족감에 고개를 끄덕였다.
'혹시나 했는데 확인시켜 주길 잘했네.'

대한의 경험상 군 생활이 편하려면 예방을 잘해야 했다.

혼자 잘해 봤자 엉뚱한데서 사고가 생기면 말짱 도루묵이었으니까.

그런 의미에서 좀 전에 이영훈의 스케줄 체크는 슈퍼 세이브였다.

만약 스케줄을 재확인시켜 주지 않았다면 이영훈은 2중대와 공을 찼을 것이고.

축구에 진심인 현정국은 자신을 무시하고 2중대와 공을 차는 '직속 후배' 이영훈을 알음알음 갈구기 시작했을 것이며 이영훈은 그 스트레스를 중대에 풀었을 테니까.

'현정국도 지랄 맞지만 이영훈도 그에 못지않지.'

그러니 군대에서 정말 편하게 살고 싶다면 나 혼자 잘하는 것에서 그치면 안 된다는 것.

대한은 소대원들과 충분히 휴식을 즐긴 뒤 적당한 때에 막사로 복귀했다.

⁂

막사로 복귀한 뒤, 짐을 놔두었던 1중대 간부 연구실로 들어갔다.

간부 연구실은 이름만 거창한 중대 간부들의 휴게실로, 문을 열고 들어가자 오늘 처음 보는…… 하지만 이미 알고 있는 간부 하나가 먼저 와 쉬고 있었다.

대한은 그 간부를 보자마자 크게 경례했다.

“충성! 고생하셨습니다, 선배님.”

“어, 왔냐.”

오늘 처음 보지만 이미 아는 얼굴.

그 얼굴의 주인은 다름 아닌 ‘2소대장 백종우 중위’로 그 또한 학군 출신이며 대한의 한 기수 선배였다.

그래서인지 초면임에도 불구하고 백종우는 대한을 거들떠보지도 않고 말로 대충 인사를 받으며 보던 휴대폰 화면에 시선을 고정했다.

‘쯧, 저 양반도 귀찮은 양반인데.’

백종우는 대한의 직속 선배이기 이전에 선임 소대장으로서 1중대 소대장들의 왕고였다. 말인즉, 중대장에게 털려도 가장 먼저 털리게 되니 좋든 싫든 항상 다른 소대장들의 일거수일투족을 감시할 수밖에 없었다.

‘뭐, 감시라기보단 통제에 가깝지만.’

백종우가 여전히 휴대폰에 시선을 둔 채 질문했다.

“오늘 뭐 했냐?”

“동원 훈련 때 쓰일 지뢰 교육장을 준비했습니다.”

“뭐뭐 했는데.”

“예비군들의 불만을 막기 위한 앉을 자리 설치와 원활한 탐지, 매설 훈련을 위해 훈련에 쓰일 땅들을 미리 정비해 두었습니다.”

“정비? 어떤 정비?”

“땅을 전부 미리 개어 두었습니다.”

“개어 뒀다고?”

그 말에 백종우가 그제야 고개를 들어 대한을 쳐다보았다.

“예, 그렇습니다. 땅의 다짐도가 높고 자갈과 돌이 많아 삽으로는 훈련 진행이 힘들어 보여 미리…….”

“야.”

“소위 김대한.”

낮게 깔린 목소리.

그 목소리에 대한은 속으로 한숨을 내쉬었다.

그럼 그렇지.

어째 조용히 지나가나 했다.

그래서 즉각 관등성명을 댔다.

백종우가 가장 싫어하는 것 중에 하나가 바로 늦은 관등성명이었으니까.

대한의 관등성명에 백종우가 한껏 미간을 찌푸리며 말했다.

“오늘 처음 온 새끼가 뭐? 다짐도? 예비군들 훈련하라고 부르는 건데 네가 그걸 왜 해? 그리고 삽으로 푸기 힘들어도 어떻게든 주어진 장비로 훈련해야지 전쟁 나서 땅 단단하면 지뢰 매설 안 할 거야?”

쯧.

동원 훈련도 해 본 놈이 왜 저럴까.

그렇기에 대한은 안다.

이건 그냥 신입 기강 잡는 일종의 텃세라는 걸.

"죄송합니다."

"첫날이니까 그냥 넘어가는데 시키지도 않은 짓거리 하지 마라. 넌 나대도 그냥 넘어가겠지만, 난 아니니까."

"예, 명심하겠습니다."

"그래."

역시 그냥 심술일 줄 알았다.

그도 그럴 게 백종우는 이 정도 선에서 지랄을 멈추는 놈이 아니었으니까.

백종우가 다시 휴대폰으로 시선을 옮기자 대한은 축구화를 신는 등 빠르게 환복을 마쳤다.

"2소대장님, 저 체력 단련 나가 보겠습니다."

그에 백종우가 고개를 까딱이는 것으로 대답했고.

"고생하십쇼, 충성!"

대한은 경례를 하고 간부 연구실을 나섰다.

아니, 나서려고 했다.

백종우가 대한을 부르지만 않았다면.

"야."

"소위 김대한."

갑작스러운 부름에 대한이 몸을 돌려 백종우를 보았다.

그러나 백종우는 이번에도 눈길조차 주지 않고 귀찮은 기색으로 말했다.

"중대장이랑 자꾸 축구 해 주지 마라. 일 나한테 넘어오니까. 중대에서 너 빼고 다 바빠. 알겠어?"

"예, 알겠습니다."

"그래."

지랄이 짜다.

축구를 밑엣놈이 제안해서 하나?

위엣놈이 제안해서 하지?

대한은 속으로 고개를 내저으며 간부 연구실 문을 조용히 닫은 후 바로 단 연병장으로 뛰어갔다.

연병장에는 이미 간부들과 병사들이 모여 있었다.

"죄송합니다, 중대장님, 늦었습니다."

"어, 아니야. 얼른 몸 풀어."

백종우 덕분에 대대 축구 인원 중 가장 늦게 도착했다.

이영훈이 허벅지를 털며 한쪽 방향을 턱짓 하며 대한에게 말했다.

"대한아, 저기 봐라."

이영훈의 턱 끝에는 총 5개의 무궁화가 빛나고 있었다.

대령과 중령…….

단장과 대대장이었다.

저 양반들이 왜 여기에……?

당황한 대한이 이영훈에게 물었다.

"오늘 작전장교님이랑 간단하게 축구 하는 거 아니었습니까?"

"나도 그런 줄 알았는데 단장님이 오랜만에 간부들 운동하는 거 보고 싶다고 하셔서 대대장님도 부르셨다고 하시네."

"그럼 어떻게 하면 되겠습니까?"

"이겨. 무조건 이겨야 돼."

"단장님이 보시는데 단을 이겨도 되겠습니까?"

"원래는 아쉽게 져 주는 게 맞지. 근데 대대장님이 지면 우리 내일 10km 급속 행군이다."

혹시나 해서 물어봤는데 역시나인가.

안 봐도 뻔했다.

간부들 운동 구경이 아니라 보나마나 둘이서 무슨 내기라도 하려는 거겠지.

종목이야 밥, 술, 골프비 중에 하나일 테고.

대한이 이런 예측을 하는 건 단장과 대대장이 동기 사이라는 걸 알았기 때문이다.

'임관 연도도 같고 교육부터 시작해 같은 부대에서 군 생활까지 했을 만큼 가까운 사이지.'

그러니 지금이야 계급이 다르지만 그래도 동기끼리의 장난이 어디 가겠는가.

'그나저나 훈련 앞둔 간부들한테 급속 행군이라니, 하여튼 간

에…….'

그래도 어쩌겠는가.

군대에선 계급이 전부인 걸.

까라면 까야 했다.

대한이 결의를 다졌다.

"무조건 이기겠습니다."

"그래. 작전장교 알을 까든 태클을 걸든 무조건 막아라."

이번에도 알을 까라고?

그랬다간 진짜 큰일 날 것 같은데?

하지만 10km 급속 행군이 걸린 일이었다.

단 쪽에도 분명 비슷한 벌칙이 걸려 있을 터.

그러니 이번 축구는 아마 한일전을 방불케 할 것이었다.

대한은 대대 대표 팀을 둘러보았다. 그리고 기억을 더듬어 참가 선수들의 스탯을 상기하자마자 걱정이 밀려오기 시작했다.

대한의 기억이 맞다면 현재 아군 중에는 쓸 만한 인물이 없었기 때문이다.

'그에 반해 저쪽에는 선수 출신 현정국이 있다.'

물론 지금이야 30대 중반이 되어 체력이 좀 녹슬었다지만 그래도 선수 출신이 어디 가겠는가.

폼은 일시적이지만 클래스는 영원하다는 말도 있는데.

혹시나 하는 마음에 대한이 물었다.

"그럼 저희 팀은 누구한테 공을 몰아주면 되겠습니까?"

그 말에 이영훈이 고개를 저으며 대답했다.

"아쉽게도 우리 대대에는 골잡이가 없다. 한국 축구랑 같지. 그러니 일단 공 잡으면 상대 골대로 붙여, 그럼 전부 다 골대로 뛰어갈 테니까."

아.

언제 적 토탈 축구(Total Soccer)냐.

전원 공격, 전원 수비의 축구라니.

뭐, 좋다면 좋은 전략이긴 했다.

하지만 단은 그렇게 호락호락하지 않았다.

대한의 기억력이 맞다면 장비 행보관의 택배 크로스와 본부 중대장의 높은 타점의 헤딩은 득점력이 굉장했으니까.

'이대로 가면 내일 급속 행군은 확정일 텐데 뭐 방법 없나?'

그때, 대한의 머릿속에 반가운 얼굴 하나가 떠올랐다.

"저 중대장님? 혹시 선수 1명만 더 데리고 와도 되겠습니까?"

"선수? 누구?"

"저희 소대에 양준규 일병이라고 있습니다."

"준규? 너네 친하냐? 서로 잘 알지도 못할 텐데 뭘 믿고 대대 대표로 부른다는 거야? 너 인마, 이거 지면 내일 급속 행군이야."

이영훈은 양준규를 떠올리며 고개를 갸웃했다.

하지만 대한은 양준규에 대해 그 누구보다도 잘 알았다.

"아닙니다. 제가 양준규 일병에 대해 잘 아는데 분명 그 친구가 저희를 크게 도와줄 겁니다."

"그래?"

이영훈의 되물음에 대한은 다시 한번 양준규를 크게 어필했고 이영훈은 마지못해 고개를 끄덕였다.

"그래, 일단 불러는 봐. 근데 당장 경기 시작해야 하니까 교체는 이따 하던지 하고."

"예, 감사합니다."

그 말에 대한은 즉시 근처 병사에게 부탁해 양준규를 호출했고, 그쯤 주임원사 윤성진이 호루라기를 불어 양측 대표 팀을 중앙으로 모았다.

경기 시작 전, 현정국이 최고 선임자로서 모두에게 몇 마디를 얹었다.

"자, 오늘 가볍게 단과 대대의 친목 도모를 위한 경기를 진행하려 했으나 단장님과 대대장님의 관심을 받게 되어 오늘 경기가 좀 과열될 것으로 예상한다. 그러니 최선의 경기를 펼치되 흥분하지 말고 페어플레이 해라. 다들 알겠나?"

"예, 알겠습니다!"

이윽고 심판을 맡은 윤성진이 말했다.

"먼저 단장님께 경례부터 하고 경기를 진행하겠습니다."

그 말에 병력들이 몸을 틀었고.

"단장님께 대하여 경례!"

"충성!"

이원영은 병력들의 경례를 빠르게 받아 주었다.

"바로. 다음으로 상호간의 경례 이후 바로 경기 시작하겠습니다. 상호간의 경례!"

"충성!"

윤성진의 말에 단 대대 병력들이 1명씩 마주 보며 경례했다.

마침 대한의 앞에는 마익형이 위치해 있었는데…….

'앤 또 눈빛이 왜 이래?'

대한을 노려보는 마익형의 눈빛이 심상치가 않았다.

마치 먹이를 노리는 매의 눈빛 같달까?

당연했다.

마익형은 육사 생도 시절, 축구 동아리 에이스 출신이었는데 그런 자신을 두고 대한이 먼저 축구로 관심받았던 것이 내심 분했기 때문이다.

하지만 아직 만회할 기회는 남아 있었다.

'이번 경기에서 내 모든 걸 보여 주리라.'

마익형이 먼저 악수를 청했다.

"잘해 보자."

"그래, 살살해라."

악수를 나눈 뒤, 이윽고 양 팀이 양측으로 갈라졌고.

삐이이이익!

경기 시작을 알리는 호루라기 소리가 연병장에 울려 퍼졌다.

"151대대 파이팅!"

경기가 시작되자 이영훈이 파이팅을 외치며 팀에 사기를 불어넣었고 팀원들도 따라 외치며 사기를 증진했다.

하지만 축구 실력과 목소리 크기는 상관없다는 듯 단 쪽 선수들은 순식간에 하프 라인을 넘어왔고 큰일 났음을 감지한 이영훈이 급히 대한에게 소리쳤다.

"대한아! 작전장교님만 막아라!"

"예, 알겠습니다!"

이번 경기에서 이영훈이 대한에게 내린 임무는 현정국의 밀착 마크였다.

하지만 축구에서 오더 내린다고 다 통할까?

그 말을 들은 현정국이 피식 웃으며 대한에게 말했다.

"소대장아, 나만 따라다닌다고 이길 수 있을 것 같냐?"

"그건 해 봐야 아는 가 아니겠습니까?"

"그래, 그럼 어디 한번 해 봐라. 이번엔 저번처럼 안 봐줄 테니!"

말이 끝남과 동시에 대한을 따돌리기 위해 페인팅 모션을 취하며 여러 방향으로 움직이기 시작했다.

대한은 현정국의 발만 보고 쫓아가며 어떻게든 떨어지지 않으려고 노력했고.

확실히 저번에 알까기 당한 게 자존심이 상했는지 칼을 갈았다는 느낌이 강하게 들었다.

그래서일까?

현정국의 위치가 대대 진영의 골대로 점점 이동하더니 어느덧 중앙 수비수의 근처까지 왔고.

왼쪽 측면에서 공을 잡고 드리블하던 마익형이 현정국을 향해 날카롭게 크로스를 올렸다.

"막아!"

위기를 감지한 이영훈이 목청이 터져라 소리쳤다.

그러나 과연 육사 축구 동아리 에이스 출신.

날카롭게 올린 크로스는 정확히 현정국의 가슴에 떨어졌고 현정국은 선수 출신답게 부드럽게 트래핑해 공을 받았다.

동시에 현정국이 슈팅할 거라 생각한 대한은 슬라이딩 태클을 했지만…….

"와아아아!"

그 슈팅 모션마저 페인팅이었다.

현정국은 오른발로 가볍게 대한의 태클을 피한 뒤 왼발로 슈팅을 때려 골 망을 뒤흔들었다.

"하…… 씹."

뒤늦게 달려온 이영훈이 입술을 꽉 깨물었다.

경기가 시작된 지 10분도 채 안 되어 발생한 실점이었다.

그러나 진짜 문제는 스코어가 아니었다.

고작해야 한 골이었지만 그로 인해 대대 팀의 사기가 꺾이기 시작한 것.

그도 그럴 게 스트라이커가 없는 대대 팀의 목표는 단 한 골로 단을 이기는 것이었으니까.

그런데 이젠 승리를 위해 최소 2골은 넣어야 하는 상황.

그 사실은 단과 붙어 본 대대 간부들에게 큰 부담으로 다가왔고 잠시 고민하던 이영훈이 심각한 얼굴로 말했다.

"이렇게 된 이상 이제부턴 총 공격이다."

"중대장님, 여기서 수비 포기하시면 골 더 먹힐 겁니다."

"나도 알아. 근데 어차피 먹힐 거, 차라리 승부에 박진감이라도 챙겨서 대대장님의 심기를 조금이라도 덜 건드리는 게 나을 것 같다."

과연 중대장…….

아니, 이런 걸 진짜 축구라고 할 수 있을까?

하지만 일리는 있었다.

계속 수비만 하다가 지면 대대장은 크게 실망할 것이고 그런 점을 고려하면 이영훈의 말마따나 차라리 투혼을 보여 주는 게 좋은 방법이긴 했다.

그때, 한껏 신난 현정국이 슬쩍 다가와 대한을 놀려 댔다.

"대한아, 아무리 형을 막고 싶어도 그렇지 흙바닥에서 태클은 좀 너무한 거 아니냐?"

"하하…… 열정이 좀 지나쳤습니다. 근데 막을 수 있을 줄 알았는데 거기서 페이크를 쓰실 줄은 전혀 몰랐습니다."

"역시 알 까기 할 때부터 알아봤어. 오랜만에 공 찰 재미가 있는 후배가 들어왔구만."

쩝.

따로 축구를 배우든지 해야지.

이윽고 다시 경기가 속행됐고 전반전은 2 : 0 으로 종료됐다.

아쉬웠지만 이 정도면 양호하다고 생각했다.

대한도 최선을 다했다.

양쪽 무릎에서 흐르는 피가 그것을 증명했으니까.

대한의 무릎을 본 이영훈이 짐짓 감동한 표정으로 대한을 칭찬했다.

"고생했다, 대한아."

"아닙니다. 못 막아서 죄송합니다."

"아냐. 네가 없었으면 최소 두 골은 더 먹혔을 거다."

틀린 말은 아니었다.

현정국이 전반전 동안 공을 딱 두 번 만질 수 있었던 건 모두 다 대한의 무한 태클 덕분이었으니까.

이어서 이영훈은 휴식을 취하는 팀원들에게 후반부 작전 지시를 시작했고 대한은 그 틈에 조용히 자리를 벗어나 좀 전에 호출해 두었던 비밀 병기에게 다가갔다.

양준규 일병이었다.

"충성."

"어, 준규야. 전반전 봤냐?"

"예, 봤습니다."

"어떻든?"

그 물음에 양준규가 조금 당황한 표정으로 대한을 쳐다봤다.

난 축구를 못 하는데 왜 그런 걸 묻냐는 표정.

새끼, 연기 잘하네.

그러나 뻔뻔함이라면 대한도 만만치 않았다.

"이길 수 있지?"

"소, 소대장님? 저 축구 못합니다. 잘 모르기도 모를 뿐더러 그래서 여태 참여를 안 한 겁니다."

"진짜 못 해?"

"그렇습니다."

"한양 상고 9번 출신인 네가 축구를 못 한다고?"

그 말에 순간 양준규의 표정이 굳었다.

하지만 대한은 활짝 웃었다.

"단장님이랑 대대장님도 보고 계시고 전반전에 두 골까지 먹혔다. 내 무릎도 이 꼴이고…… 군대스리가 데뷔하기엔 딱 좋은 날 아니냐?"

"…어떻게 아셨습니까?"

"내가 네 팬이었거든."

"제…… 팬요?"

"재팬은 일본이고. 할 수 있지?"

팬은 무슨.

당연히 거짓말이었다.

그렇다고 사실을 말해 줄 수도 없었다.

'네가 분대장 달고 나랑 면담할 때 이야기해 줬다고 하면 믿을 거냐?'

대한의 기억으로 양준규는 고등학생 때까지 축구를 한 엘리트 체육인이었다. 그럼에도 축구에 미친 현정국도, 중대장인 이영훈도 모를 수 있었던 건 군에서 병사들의 신상 정보를 파악하는 것에는 한계가 있었기 때문.

'정보 파악이래 봤자 생기부랑 개인 면담밖에 더 있나.'

군대에서 숨기려면 어떻게든 숨길 수 있는 것이 개인의 과거였다.

그래서 양준규는 최대한 과거를 숨겼다.

더 이상 축구를 하기 싫어서 숨긴 게 아니라 할 줄 아는 포지션이 공격수뿐인데 군대에선 짬이 낮으면 공격수는 꿈도 못 꾸는 포지션이었기 때문이다.

'처음엔 골키퍼나 하는 게 군대스리가의 현실이지. 그런 상황에서 축구 못 한다는 소리 들으면 누가 축구 하고 싶을까.'

특히 승부욕 강한 양준규라면 더더욱 미칠 노릇일 터.

대한의 말에 양준규는 잠시 눈을 감더니 천천히 눈꺼풀을 들어올리며 말했다.

"…몇 골 넣어 드리면 되겠습니까?"

"1점 차로 승리. 그 정도가 제일 좋아."

"알겠습니다."

그 말에 양준규가 몸을 풀기 시작했다.

2점 차로 뒤지고 있는 대대의 구원자가 등장한 것이다.

✖

삐이이익!

후반전이 시작됐다.

대한의 건의하에 양준규가 투입됐다.

이영훈은 양준규를 넣으면서도 반신반의한 표정을 지었지만 대한의 무릎에서 흐르는 피 때문에라도 부탁을 거절할 수가 없었다.

'마음껏 날뛰어라, 준규야.'

과거, 상병이 되어 축구 이력을 공개한 양준규는 그때부터 주둔지를 발칵 뒤집어 놓았다.

특히 골 결정력이 어마어마해 나중엔 크랙 (경기의 흐름을 뒤집을 수 있는 선수) 이라 불리며 축구로 타 낼 수 있는 휴가란 휴가는 모조리 챙겨 갔다.

그래서일까?

전반전의 단의 우세했던 경기력은 눈을 씻고 봐도 도저히 찾아볼 수가 없었다.

분위기도 바뀌었다.

바닥을 치던 대대 팀의 사기는 양준규가 역전 골을 넣으며 용솟음 쳤고 그때부터 단 쪽 선수들은 극도로 흥분하며 서로를

탓하기 시작했다.

이 모든 결과는 단 1명.

군 생활을 시작한 지 100일도 채 되지 않은 병사 하나가 만들어 낸 기적이었다.

이원영 단장이 미간을 찌푸리며 말했다.

"뭐야, 대대에 저렇게 잘하는 병사가 있었다고?"

"허허, 단장님. 오늘 술은 잘 얻어 마시겠습니다."

이원영의 흥분에 151대대장 박희재가 싱글벙글 웃는다.

그 웃음에 분을 못 이긴 이원영이 그만 해선 안 될 말을 해 버리고 말았다.

"아니, 갑자기 마라도나가 빙의한 것도 아니고 저런 병사가 어디서 나온 거야? 151대대에는 축구 잘하는 병사가 나올 수가 없는데?"

"그게 무슨 말씀이십니까? 나올 수가 없다뇨?"

"당연히 없지. 잘하는 애들은 전부 단에다 배치시켰으니까."

"……예? 아니, 단장님. 치사하게 그런 짓까지 하셨습니까? 어쩐지 K3 선수 출신 병사 전역하자마자 축구 하자고 하는 게 이상하다 싶었습니다."

"그 친구 있을 때는 대대장이 매번 나한테 축구 하자고 하지 않았나?"

"아니, 그래도 그렇지. 병사 선별을 그런 식으로 먼저 걸러 가는 게 어디 있냐? 하여튼 군대에서 믿을 놈 하나 없다더니 동기란 놈이 축구 때문에 이딴 수작질이라니."

"또또, 부대에서 말 편하게 하는 거 봐라. 넌 중령 계급 달고도 공사 구분이 그렇게 안 되냐? 애들이 들으면 어쩌려고 자꾸 그래?"

"넌 공사 구분을 그렇게 잘해서 병사들 골라서 받았냐?"

짬 중령이 눈치를 볼 리가 없다.

박희재는 진급을 포기한 중령이었으니까.

"험험."

박희재의 말에 딱히 할 말이 없던 이원영은 헛기침으로 대답을 대신했다.

한편.

경기가 한창이던 연병장에서는 현정국이 씩씩대며 화를 내고 있었다.

"야, 마익형! 똑바로 안 하냐? 장교란 놈이 병사 하나 못 막아서 앞으로 군 생활 어떻게 하겠다는 거야!"

"죄송합니다!"

축구에서 수비하는 것과 군 생활이 대체 뭔 상관?

하지만 마익형은 죄송하단 말밖에 할 수가 없었다.

군대에서 계급은 깡패였고 현정국은 단의 실세 중의 실세였으니까.

그리고 그 화살은 마익형만을 향하지 않았다.

"야, 영훈아, 쟤 너네 중대냐?"

"예, 중대 막내입니다."

"선수 출신?"

"어, 그게……."

마찬가지로 이영훈도 제대로 대답하지 못했다.

면담했던 기억으로 양준규는 아무런 특색도 없는 조용한 병사였었다.

키는 컸지만 운동을 싫어한다 했으니 그런 줄로만 알고 있었다.

그런데 오늘 본 모습은 완전 딴판이었다.

교체된 지 몇 분도 되지 않아 동점 골을 넣더니 이후로 쭉 골대만 맞추고 있었다.

이영훈이 즉각 대답하지 못하자 마찬가지로 손가락질했다.

"넌 새끼야, 중대장이 중대원 신상 하나 제대로 파악 못 해? 새끼가 빠져가지고……."

"…죄송합니다."

근데 별로 기분이 안 나쁘다.

사실 지금은 무슨 대답을 하든 욕먹을 게 뻔했으니까.

게다가 원래대로라면 오늘은 내기에서 졌을 대대장님의 비위를 맞추기 위해 무제한 재롱 잔치를 벌여야 했을 예정.

근데 그럴 필요가 없어졌으니 싱글벙글할 수밖에.

그리고 그 광경을 지켜보던 대한은 생각했다.

'음, 현정국이 지랄할 줄은 알았지만 이 정도일 줄은 몰랐는

데.'

급속 행군을 피하니 현정국이라는 재앙이 범람하기 시작했다.

이를 어찌한다…….

그때, 좋은 생각이 떠올랐다.

'이거 잘하면 축구 좀 덜할 수도 있겠는데?'

축구가 싫은 건 아니었다.

다만 현정국과 함께 해야 하는 접대 축구가 싫을 뿐.

대한은 연병장 한편에서 쉬고 있는 양준규를 조용히 호출했고 대한의 손짓을 본 양준규가 뒷걸음질로 대한에게 다가왔다.

"부르셨습니까, 소대장님?"

"준규야, 너 진짜 잘하고 있는데 부탁 하나만 더 들어주면 안 되겠냐?"

"어떤 부탁 말씀이십니까?"

"작전장교님 알 좀 까라."

"예? 그건 안 됩니다. 저분 선수 출신이시잖습니까."

"그렇긴 하지? 듣기론 고등학교 때까지 축구 선수 했다고 들었는데. 왜, 못할 것 같아?"

그 말에 양준규가 조용히 한숨을 내쉬며 말했다.

"그게 아니라…… 선수끼리는 암묵적으로 선배 알까기 금지입니다. 실력으로는 뭐…… 쭉 보셔서 아시지 않습니까. 제가 마음만 먹으면 알까기 같은 건 공 잡을 때마다 할 수 있습니다."

"그래? 그럼 딱 네 번만 알 까고 와. 그럼 네가 축구 선수 출신이란 거 중대엔 비밀로 해 줄게."

"그래도 이건 좀……."

"이번 달 네 라면값은 내가 책임진다. 아까 봤지? 담배 한 보루 쏘는 거?"

"……약속 지키셔야 합니다."

"당연하지."

그렇게 거래가 이루어졌고 경기는 다시 속행되었다.

"와아아아!"

"개쩐다!"

"누구야? 처음 보는데?"

이후엔 약속대로였다.

라면과 비밀 유지를 약속받은 양준규는 같은 선수 출신이라지만 삼십줄 중반인 현정국을 알까기로 제친 후 또다시 골을 넣었고 구경하던 병사들은 뜨겁게 환호했다.

"……씨발."

대신 현정국의 얼굴이 무참히 구겨졌다.

그래도 참 다행이었다.

단장님과 대대장님이 보고 있던 자리라 저 정도지 안 그랬으면 양준규는 이미 현정국에게 불려갔을 테니까.

'옛날에 영천시 축구 대회 때도 저러다 민간인이랑 싸워서 단장님께 크게 혼났었지.'

그렇기에 지금부터가 중요했다.

축구에 미친 현정국이 화를 내지 못하는 이때, 지금 제대로 짓밟아 놔야 다시는 축구 하자는 소리가 더는 안 나올 테니까.

그리고 얼마 뒤, 양준규는 기어코 해트 트릭을 달성해 냈다.

"나이스! 준규!"

"양준규, 멋있다!"

"양준규! 양준규! 양준규!"

모두가 양준규의 이름을 부르짖었다.

단 한 사람.

현정국만 빼고.

현정국이 죽일 듯이 자신을 노려보자 신변의 위협을 느낀 양준규가 중앙선을 지나다 말고 서서 목청 크게 단상을 향해 경례했다.

"충! 성!"

그리고 그 경례는 단장 대신 대대장이 받아 주었다.

"충성! 아이고 우리 대대에 이런 보석이 있는 줄은 몰랐구만. 기분이다! 오늘 경기 이기면 대대장이 포상휴가 쏜다!"

"충! 서어엉! 최선을! 다하겠습니다아앗!"

대대장의 통 큰 포상에 구경하던 병사들이 박수와 함성을 질러 대기 시작했다.

그때, 이영훈이 현정국의 눈을 피해 조용히 대한에게 다가와 하이파이브를 했다.

"너 이 색…… 준규 축구 실력은 어떻게 알았냐? 오늘 처음 본 사이 아냐?"

그래, 이쯤 되면 의심할 만도 하지.

이영훈의 물음에 대한이 서둘러 준비했던 말들을 풀기 시작했다.

"오늘 사격장 작업 갔을 때 잠시 축구 이야기가 나왔는데 그때 양준규 일병의 전술에 대한 이해도가 높다는 걸 알게 됐습니다. 특히 공격 쪽으로는 선수가 아닐까 싶을 정도로 디테일하길래 질러 본 거였는데 이 정도일 줄은 몰랐습니다."

"이빨은 누구나 털 수 있는 거 아니냐? 근데 그런 걸로 도박을 했다고?"

"물론 이야기만 들으면 그렇게 생각할 수도 있었겠습니다만, 작업 동안 곡괭이질을 하는 걸 보니 코어와 등 근육을 제대로 사용했고 돌들을 옮길 때 무수히 앉았다 일어서기를 함에도 불구하고 지친 기색이 하나도 없었습니다. 그래서 좀 더 확신을 얻을 수 있었던 것 같습니다."

"……너 체육과냐?"

"토목과입니다."

이영훈은 대한의 대답을 듣고는 어깨를 툭 쳐 주고는 자리로 돌아가며 말했다.

"무튼 잘했다. 끝까지 긴장 풀지 말고 집중해서 승리하자. 아직 경기 끝난 거 아니니까."

“예, 알겠습니다!”

박희재가 주변 병사들에게 손을 흔들어 주고는 경기를 속행하라 지시했고 득점으로 멈추었던 경기가 다시 진행되었다.

남은 시간 20분.

현정국은 충분한 시간이라 생각하고 단의 병력들을 닦달하기 시작했다.

“집중해! 전부 말하면서 하라고! 야, 마익형! 너 군 생활 시작부터 꼬이고 싶어?”

“죄송합니다!”

“그리고 장비! 아까부터 자꾸 컨트롤 실수할래? 정신 안 차려?”

패배가 눈앞에 보이자 단장이고 대대장이고 보이지 않는 듯했다.

연병장이 떠나가라 소리를 지르기 시작했고 그 광경을 지켜보던 이원영도 슬슬 눈살을 찌푸리기 시작했다.

“작전이 에너지가 좀 넘치네.”

“뭐, 예전에 너 보는 거 같구만.”

“거 말 좀 조심하라니까. 애들 듣잖아.”

“들으라지? 어차피 우리 동기인 거 모르는 애들도 없는데. 왜 치사한 짓 다했는데 질 것 같으니까 속상하냐?”

“어, 존나 속상하다. 됐냐?”

“크으. 오늘 술맛 조오캤네.”

이원영의 인정에 박희재가 싱글벙글 웃으며 상체를 젖히는 가벼운 세리머니를 선보였다.

그로부터 15분 뒤.

결국 사고가 터졌다.

경기 종료까지 5분쯤 남았을 때, 또다시 양준규를 놓친 현정국이 쌍욕을 갈겨 버린 것이다.

"아니, 뭐 하냐고 씨발!"

동시에 연병장 전체가 얼어붙었다.

그도 그럴 게 오늘은 단장님이 있었으니까.

그와 동시에 모두가 이원영의 눈치를 보기 시작하자 이원영이 머리 위로 양 손을 돌렸다.

"교체."

삑삑!

이원영의 제스처에 윤성진이 휘슬을 불며 단상으로 뛰어갔다.

"누구 교체하면 되겠습니까?"

"현정국이 빼."

"단장님, 그래도 작전장교는 저희 단 에이스인데……."

"저 새끼 빽빽대는 거 보기 싫으니까 빼라고."

"아, 예. 알겠습니다."

그 말에 윤성진은 이제 승패 따윈 아무래도 상관없어졌다는 것을 알았다.

이제부터 중요한 건 이원영의 심기를 건드리지 않아야 한다는 것.

비상이었다.

윤성진이 서둘러 현정국에게 다가가 말을 전했다.

"작전장교님, 단장님이 교체하라십니다."

"……뭐? 단장님이 나를?"

현정국은 그제야 제정신이 들었다.

"호, 혹시 화 많이 나셨습니까?"

"예, 좀……."

"하……."

악은 더 큰 악으로 물리친다.

뒤늦게 머리가 차가워진 현정국이 서둘러 단상 앞에 가서 경례했다.

"충성! 이런 좋은 자리를 만들어 주신 단장님께 감사……."

"됐고, 들어가서 업무나 하지."

"…예, 알겠습니다. 충성."

그것이 연병장에서 본 현정국의 마지막 모습이었다.

그리고 멀어져 가는 뒷모습을 보며 대한이 흡족함에 속으로 고개를 끄덕였다.

'한동안 축구의 축 자도 못 뱉겠지.'

부디 그랬으면 했다.

이윽고 경기가 종료됐고 결과는 예정대로 대대가 승리했다.

기분이 좋아진 박희재는 약속대로 양준규에게 포상휴가를 내렸고 대대는 굉장히 오랜만에 훈훈한 분위기로 경기를 마무리 지을 수 있었다.

"하, 시발……."

반대로 마익형은 죽을상이 되었고 말이다.

✻

경기가 끝나고 대한과 이영훈은 곧장 간부 식당으로 이동했다.

간부 식당에는 목욕탕과 휴게실, 그리고 헬스장이 같이 있었고 90분 동안 최선을 다해 뛰었던 그들에겐 식사보다는 샤워가 시급했다.

이영훈이 기분 좋게 대한의 어깨에 팔을 걸치며 말했다.

"대한아, 샤워부터 하고 밥 먹자."

"예, 식사도 준비 덜 된 것 같으니 샤워하고 먹으면 딱일 것 같습니다."

"그래, 갈아입을 옷은 있냐?"

"혹시나 샤워하실까 봐 중대장님 것도 따로 챙겨 놨습니다."

대한은 축구화가 들어 있는 보스턴 백을 들어 보였다.

그 모습에 이영훈이 흡족함을 표하며 대한의 어깨를 팡팡 두드렸다.

“짜식, 넌 어째 몇 년은 같이 군 생활한 것 같네. 아참, 근데 목욕탕 사물함은 받았냐?”

“사물함은 아직 못 받았습니다.”

“인사장교가 안 알려 줬나 보네. 그냥 아무거나 쓰면 되니까 자주 쓰는 세면도구들은 다 거기 넣어 놓으면 돼.”

차현수가 뭘 알려 주겠습니까.

아는 게 없는 사람인데.

하지만 상관없었다.

인사장교는 대한도 했었으니까.

‘사물함이야 빈 곳 아무거나 잡고 이름표만 붙여 놓으면 되는 곳이지.’

잠시 후 개운하게 씻고 나온 대한과 이영훈은 식사까지 마친 후 흡연장으로 이동했다.

대한은 비흡연자지만 흡연자인 이영훈을 위해서였다.

이영훈이 담배를 물며 말했다.

“그래…… 이제 일과도 끝났는데 저녁엔 뭐 할 거냐?”

“소대원들 면담을 좀 해 볼까 합니다.”

그 말에 이영훈이 담뱃불을 붙이다 말고 나지막이 감탄했다.

“이야…… 진짜 볼수록 A급이네. 지휘 실습 때랑은 완전히 딴판이야. 혹시 알맹이만 다른 사람으로 바뀐 거 아냐?”

안 그래도 정신없는 자대 첫날, 작업에 축구까지 한 상황이었는데 소대원 면담이라니.

신임 소위라면 절대로 못 할 발상이긴 했다.

하지만 대한은 처음이 아니었다.

그래서 가능했다.

대한이 말했다.

"감사합니다."

"근데 안 피곤하냐? 나중에 해도 되는데 왜 첫날부터 면담을 해?"

"다음 주 동원 훈련도 있는데 병력들이랑 얼른 친해져야 훈련에 차질이 없을 것 같아 그렇습니다."

그 말에 이영훈이 한 번 더 감탄하며 엄지를 들었다.

"크으, 그렇지. 그게 맞지. 진짜 오랜만에 제대로 된 소대장 하나 들어온 것 같네."

이후, 축구 이야기로 도란도란 담배 한 대를 다 태운 이영훈이 먼저 자리를 벗어나며 말했다.

"오늘 고생 많았다. 피곤할 텐데 너무 오래 면담하지 말고 얼른 퇴근해라. 형은 먼저 간다."

"예, 고생하셨습니다. 충성!"

"오냐."

이영훈은 친근하게 대한을 대하며 가벼운 발걸음으로 숙소로 이동했다.

대한은 그런 이영훈의 뒷모습을 보며 고개를 주억였다.

'저 양반이 저런 모습도 있었군.'

사람이 바뀐 건 아니었다.

그저 대한의 행동이 바뀌었기에 볼 수 있던 모습이었을 뿐.

그렇기에 늘 악마처럼 보이던 이영훈이 오늘따라 참 낯설게 느껴졌다.

'그나저나 생각해 보면 옛날이랑은 뭔가 좀 다른 것 같네. 첫날부터 이런 경기는 안 했었던 것 같은데 말이야.'

전생과 지금의 오늘이 다른 이유.

그 시작은 다름 아닌 차현수 때문이었다.

원래라면 오늘은 물론이고 내일까지도 끝내지 못했을 보고서였지만 대한의 도움 덕분에 보고서가 일찍 통과됐고 단장도 여유가 생겨 체력 단련 시간을 즐기러 나온 것.

쉽게 말하자면 차현수가 쏘아 올린 작은 공 같은 것이었다.

'뭐, 어쩌면 이것도 나쁘지 않을지도.'

상황이 좀 바뀌긴 했으나 모로 가도 서울만 가면 된다고 했으니까.

⁂

그 시각, 대대 막사 2층에 위치한 1생활관.

아직 동기 생활관을 적용하기 전이었기에 분대별 생활관을 쓰고 있었고 1생활관에는 곽주진 병장이 분대장으로 있는 1소대 1분대가 있었다.

그래서일까?

1생활관의 분위기는 그다지 좋지 못했다.

아니, 험악했다.

그도 그럴 게 분대 생활관의 분위기는 보통 분대장의 성향에 따라 좌지우지되었으니까.

곽주진이 관물대 정리를 하는 분대 막내, '황재우 일병'에게 쏘아붙였다.

"야, 시발 조용히 안 해? 나 티비 보는 거 안 보여?"

"죄, 죄송합니다!"

"하, 시발. 요즘 짬찌 새끼들은 왜 이렇게 눈치가 없냐?"

"하하, 맞습니다. 저희 일이병 때였으면 진짜 다 뒈졌을 텐데 말입니다."

"그러게나 말이다…… 재우야 넌 참 좋겠다, 군대가 편해지니까 너 같은 새끼들도 곱게 밥 처먹고 잘 수 있잖아?"

"…죄송합니다."

"죄송은 지랄. 맨날 말로만 죄송하면 다야?"

"죄송합니다."

"얼래? 또 죄송하다네. 넌 근데 소대에 후임이 들어왔는데도 이 모양이면 대체 언제 사람 될래? 나 전역하기 전엔 사람 될 수 있는 거냐?"

"…꼭 보여 드리겠습니다. 분대장님."

"기대도 안 해 새끼야."

사실 황재우가 욕먹을 이유는 없었다. 딱히 잘못한 것도 없었기 때문.

그럼에도 곽주진이 저러는 건 오늘 낮에 작업 할 때 있었던 일들과 더불어 황재우가 곽주진 전용 감정 쓰레기통으로 지정되어 있었기 때문이다.

얼마 뒤, 그래도 한바탕 쏟아 내고 나니 기분이 좀 나아졌는지 곽주진은 그제야 조용히 TV를 보기 시작했고 그 틈에 황재우는 조용히 막사를 빠져나와 흡연장으로 향했다.

"후……."

흡연장은 곽주진을 피해 숨통을 틀 수 있는 얼마 안 되는 장소 중에 하나였다. 그래서 황재우는 굳이 담배 피우고 싶지 않아도 흡연장에 반 시간씩 앉아 있다 가고는 했다.

그래야지 겨우 버틸 수 있었으니까.

그때였다.

"재우야, 안녕?"

갑자기 대한이 나타난 건.

Chapter 3

대한의 갑작스러운 등장에 놀란 황재우가 자리에서 벌떡 일어나 경례했다.

"충성!"

"어, 충성. 혼자 담배 피우러 나온 거야?"

"아, 예. 그렇습니다."

황재우의 풀 죽은 모습에 대한은 짠함을 느꼈다.

남들은 몰라도 대한은 황재우가 왜 기가 죽어 있는지 알고 있었기 때문이다.

'곽주진 그놈 때문이겠지.'

분대 왕고란 놈이 후임을 챙기진 못할망정 따돌림이나 시키는 꼴이라니.

대한도 처음엔 몰랐다.

이러한 사정을 알게 된 건 나중에 괴롭힘을 견디다 못 한 황재우가 국방헬프콜 1303에 전화를 걸면서부터였다.

'그마저도 두려움에 아무 말 못 하고 끊어 버렸지만.'

하지만 부대는 끝끝내 국방헬프콜에 전화를 건 사람이 누구인지 찾아냈다.

익명을 보장해 준다고 홍보하는 국방헬프콜이었지만 실상은 국방 헬프 콜은 전화가 오자마자 부대 지휘관에게 바로 연락이 가는 시스템이었으니까.

당시의 황재우는 용기가 부족해 잘못 전화했다며 둘러댔지만…….

'1303을 어떻게 잘못 누르겠어.'

1303은 일종의 버스터 콜이었다.

잘못 눌렀다간 부대가 폭파될 수도 있는.

그렇기에 절대 말도 안 되는 소리였지만 부대의 지휘관들은 용인했다.

거짓말을 믿어 주면 조용히 넘어갈 수 있으니까. 그래서 황재우의 답변을 인정해 주었고 가벼운 경고 조치로 사건을 종결했다.

'물론 실상은 곽주진의 겁박에 못 이겨 그리 대답한 거였지만…….'

당연히 아무도 그 사실에 대해 알고 싶어 하지 않았다.

그리고 며칠 뒤 대형 사고가 터졌다.

황재우가 화장실에서 자살 시도를 한 것.

일찍 발견해서 다행이었다.

만약 그 당시 대대 당직사령이었던 대한이 화장실을 가지 않았다면…….

'생각만 해도 끔찍하다.'

그리고 그때부터 시작이었다.

피 말리는 부대 감사가.

'진짜 끔찍했는데…….'

하루하루가 지옥이었다.

하지만 그보다 더 어이없었던 건 이후, 곽주진의 여론몰이로 오히려 황재우만 관심사병 취급 받게 되었다는 것.

'물론 나도 나중에 발견된 재우의 일기장이 아니었다면 끝까지 몰랐을 일이었지만…….'

모든 걸 알게 됐을 땐 이미 곽주진은 전역해 버린 뒤였다.

'이번엔 다를 거다.'

대한이 힘없이 대답하는 황재우의 어깨를 부드럽게 주물러 주며 말했다.

"적당히 피우고 들어가, 이상한 애들 때문에 몸 버릴라."

"……예?"

"예에?"

"아, 자, 잘 못 들었습니다?"

“장난이야, 먼저 간다.”

“어, 흡연 안 하십니까?”

“어, 안 피워. 아참 그리고 재우야.”

“일병 황재우?”

“조금만 기다려, 그럼 좋은 날 와.”

“그게 무슨 말씀이신지……?”

“그런 게 있다. 수고.”

“예, 충성! 고생하십쇼!”

대한의 말을 이해 못 한 황재우가 고개를 모로 기울인다.

✻

모두가 퇴근한 간부 연구실.

대한은 그곳의 불을 켰다.

연구실에는 훈련 물자들이 널브러져 있었는데 저것들을 보니 새삼 다음 주가 훈련이라는 게 실감이 됐다.

‘아직 시작도 안 했는데 벌써 귀찮네.’

당연히 긴장은 안 됐다.

전생에 열 번도 넘게 한 동원 훈련이 긴장될 리가 있겠는가?

그저 귀찮을 뿐.

대한은 연구실에 마련된 자신의 자리에 앉아 컴퓨터를 켰다.

아직 비밀번호 같은 것들을 인계받진 못 했지만…….

'비번이야 뻔하지 기본은…….'

1q2w3e4r.

그리고 이 뒤에 특수 기호가 주기적으로 바뀌는데 그 패턴마저도 뻔했다.

대한은 두세 번의 입력 끝에 잠금을 풀 수 있었고 곧장 온나라에 접속해 연대통합정보 시스템 페이지를 띄웠다.

페이지 로딩이 좀 오래 걸리긴 했지만 군대에서 이런 것들이 어디 한두 개던가?

몇 초 뒤 기다리던 페이지가 떠올랐고 대한은 그곳에서 병력들의 인적사항과 각종 지휘조치 기록을 찾았다.

소속, 계급, 군번, 성명, 군사특기, 입대일, 전입일, 전역일 등등…….

이중에서 대한이 찾는 건 '면담과 관찰 결과'였는데, 이는 2차 비밀번호가 부여된 간부들만 접근할 수 있도록 되어 있을 만큼 중요한 자료였다.

'병사들이 숨기고 싶은 내용이 여기다 들어가 있으니까.'

만약 전임자가 일을 잘해 두었다면 어렵지 않게 병력들의 애로 사항을 모조리 파악해 둘 수 있을 터.

'2차 비번도 뻔하지.'

1234567korea!

입력하자 잠금이 해제됐다.

2차 비번은 대한이 부대에 전입 오던 날부터 부대를 떠날 때까지 절대 안 바뀌었던 것들 중에 하나였으니까.

대한은 우선 각 분대의 분대장들의 정보부터 차례대로 확인해 보았다.

첫 면담은 각 분대의 분대장들부터 할 생각이었으니까.

그런데 열어 본 면담 기록의 상태가…….

'개판이네.'

개판이었다.

그것도 심히.

심지어 곽주진의 것은 6개월 전이 마지막 기록이었다.

매달 기록해도 모자란 병력들 면담을 6개월 동안 하지 않았다니…… 아무리 분대장급 병사라도 이건 아니었다.

심지어 내용은 더 가관이었다.

'군 생활에 흥미를 느끼고 있으며, 소대 및 분대와 관계가 굉장히 좋다…… 이건 또 뭔 개소리야. 전임자가 곽주진이랑 사이가 엄청 좋았었나?'

전임자는 이름도 기억나지 않는 학군 출신의 중위였는데 지휘 실습 기간 때 며칠 본 게 다였다.

'심지어 그때도 전역 준비한다며 간부 연구실에서 토익 공부

만 하고 있었지.'

물론 말이 공부였을 것이다.

그 옆엔 늘 곽주진이 붙어 있었으니까.

'안 봐도 뻔하지, 곽주진이랑 같은 인간이었겠어.'

사람의 진짜 모습을 알고 싶다면 그 사람의 주변을 보랬으니까.

그래서일까?

새삼 곽주진의 면담 기록을 보니 그 당시 본인의 행동도 미숙했다는 생각이 들었다.

이런 기록을 보고도 곽주진을 믿고 많은 권한을 부여했었으니까.

물론 신임 소대장이 되어 전임자의 면담 내용을 믿는 게 나쁜 건 아니었다. 어쨌든 선배가 남긴 기록이었으니까.

'하지만 직접 경험해 보기 전까진 의심했었어야 했다.'

하다못해 가벼운 검증이라도 해 보던가.

그랬다면 그런 사고는 발생하지 않았을 텐데.

대한은 한숨을 내쉬며 냉장고에서 음료를 꺼내 면담 준비를 시작했다.

✖

"아니, 씹. 무슨 첫날부터 면담이야?"

"쏘가리잖아. 의욕 한참 넘칠 때지."

"흐아암."

이윽고 호출된 3명의 분대장들이 간부 연구실 문을 두드렸고 문을 열며 곽주진이 경례를 했다.

"충성! 면담 때문에 방문했습니다."

"어, 그래. 쉬어야 할 텐데 일과 끝나고 불러서 미안하다."

대한이 사람 좋은 얼굴로 세 사람에게 음료수를 내밀며 말했다.

"시간 많이 뺏기도 미안하니까. 바로 면담 시작할까? 내가 분대장들을 부른 건 다름이 아니라 건의 사항을 좀 들어 보려고 부른 거야. 겸사겸사 아까 사격장에서 있었던 일들도 좀 이야기하고."

사격장.

그 말에 곽주진이 반사적으로 반응했다.

"사격장…… 말씀이십니까?"

"응. 생각을 좀 해 봤는데 아깐 애들 앞이라 말을 좀 강하게 한 감이 없잖아 있어서 말이야."

그 말에 곽주진의 눈이 휘둥그레졌고 동시에 자기도 모르게 입꼬리가 씰룩였다.

쏘가리가 드디어 주제 파악을 한다는데 당연히 웃음이 날 수밖에.

하나 대한은 모른 척 미소를 유지했고 곽주진이 흥분을 감추며 덤덤한 척 말했다.

"아…… 뭐, 괜찮습니다. 소대장님도 군 생활 처음 하시는 건데, 당연히 실수하실 수도 있는 거 아니겠습니까."

실수라.

미친놈이었네, 이거.

아무리 쏘가리라 불리는 소위라지만 군대에 계급이 괜히 존재할까?

설령 진짜 대한이 실수했다 하더라도 분대장이 소대장에게 할 말은 아니었다.

하지만 대한은 모른 척 맞장구를 쳐 주었다.

"그래, 뭐. 실수였다면 실수겠지. 그래서 말인데 내가 너희들한테 어떻게 해 주면 좋겠냐? 그래도 너희가 소대 실세인데 잘 지내고 싶거든."

그 말에 곽주진은 더 이상 못 참겠다는 듯 옆자리 박태현을 보며 웃기 시작했다.

"하하, 좀 있으면 집 가는데 실세는 무슨 실세입니까. 그냥 따로 터치만 안 하시면 조용히 있겠습니다. 안 그러냐?"

"당연하지, 뭐 새로 왔다고 부대를 바꾸겠다니 뭐니 하는 것보다 가만히 있는 게 제일입니다. 소대장님."

음.

이래서 친구를 잘 사귀어야 한다는 건데…….

대한이 고개를 끄덕이며 말했다.

"터치만 안 한다? 구체적으로 어떻게?"

일부러 곽주진을 보며 물었다.

그에 곽주진도 신이 나서 설명을 시작했다.

"말 그대로입니다. 병력은 저희가 꽉 잡고 있으니까 저희가 뭘 하든 그냥 놔두시면 됩니다. 시키실 거 있으면 말씀하시고 그러시면 됩니다."

"어려운 건 아니네."

"장담드립니다. 저희 있을 땐 엄청 편하게 지내실 수 있으실 겁니다."

"그래. 듣고 보니 그런 것 같네. 너네들이 있어서 군 생활이 참 든든할 것 같아. 그럼 별로 힘든 건 없다는 거지?"

"예, 전혀 없습니다."

"나머지도?"

"예."

"그래, 그럼 나가 봐. 나가면서 분대별로 막내들만 좀 불러 주고."

"예, 알겠습니다."

이윽고 분대장들이 나가고 대한은 컴퓨터에 면담 기록을 빠르게 작성해 나갔는데 우선 세 분대장 중 2명인 전우찬과 박태현은 비교적 평범하게 작성했다.

현재까지 군 생활에 만족하며 불만 없이 전역을 기다린다는 그런 내용들을.

반면 곽주진의 것은 좀 달랐다.

'……면담 간 소대장의 군 생활을 위해 조언을 서슴지 않았으며 시시각각 병력 통솔에 도움을 주려고 함.'

틀린 말은 없었다.

단지 해석의 여지가 있을 뿐.

물론 이런 기록도 대한만 본다면 아무 의미 없는 기록이 되겠지만…….

'과연 중대장이나 대대장이 보고도 그렇게 생각할까?'

절대 아닐 것이다.

이건 누가 봐도 월권행위에 해당했으니.

그리고 그들이 이걸 열람하는 시기는 대한이 정할 예정이었다.

✱

잠시 후, 호출받은 황재우와 양준규가 간부 연구실로 들어왔다.

"어, 왔어? 재우가 1분대고 준규가 3분대지?"

"예, 그렇습니다."

"1명이 비네? 2분대 막내는?"

그 말에 황재우가 곤란하다는 표정을 지으며 대답했다.

"그게…… 찾아봤는데 어디 있는지 몰라 일단 둘만 왔습니다.”

몰라서 일단 둘이 왔다라…….

중대장이 불러도 과연 자기들끼리 왔을까?

새삼 자신의 위치가 얼마나 낮은지 느껴졌다. 하지만 전혀 기분 나쁜 티 내지 않고 말했다.

“그래, 잘했어. 다음엔 용사의 방 가서 찾아봐. 종찬이라면 거기 있을 테니까.”

최종찬 이병.

전우찬 분대의 예쁨 받은 막내였는데 최종찬이 예쁨받는 이유는 다름 아닌 철권 때문이었다.

‘종찬이는 국내 대회에서도 입상하는 실력자니까.’

아마 지금 못 온 것도 용사의 방이라 불리는 오락실에 끌려가서 일 터.

그도 그럴 게 최종찬은 매일같이 선임들에게 불려가 철권 과외를 해 주고 있었으니까.

그 말에 황재우가 기어 들어가는 목소리로 혼잣말을 중얼였다.

“이상하다, 이등병은 아직 용사의 방에 못 들어갈 텐데…….”

아.

그러고 보니 용사의 방 부조리가 있었지?

용사의 방 부조리는 간단했다.

계급별로 이용할 수 있는 시설을 통제하는 부조리의 일종이었는데 이런 부조리가 만들어진 이유는, 인기 많은 사이버 지식 정보방이나 용사의 방을 이용할 때 후임들을 기다리고 싶어 하지 않는 선임병들 때문이었다.

대한은 그 말을 못 들은 척 하며 말했다.

"준규는 축구 할 때 간단하게 면담했으니까 그걸로 대체하자."

"예, 알겠습니다."

양준규가 조용히 자리에 일어나 애절한 눈빛을 보낸다.

비밀을 지켜 달라는 눈빛이었다.

그 눈빛에 대한이 웃음으로 긍정했고 양준규는 안심하며 연구실을 나섰다.

이제 남은 건 황재우 하나.

대한이 음료수 하나를 황재우에게 건네며 말했다.

"군 생활 할 만해?"

"…예, 할 만합니다."

"거짓말."

"잘 못 들었습니다?"

"상급자한테 거짓 보고해도 되냐?"

"아, 안 됩니다."

"근데 왜 거짓말해?"

"그, 그게 무, 무슨 말씀이신지……."

떨며 대답하는 황재우.

그런 황재우에게 대한이 쐐기를 박았다.

"너, 힘들잖아. 죽고 싶을 만큼."

그 말에 황재우의 눈동자가 지진이라도 일어난 것처럼 떨리기 시작했다.

대한의 말이 이어졌다.

"지금 말해야 도와줄 수 있어."

"그, 그게 무슨……."

눈동자에 이어 이제는 눈에 띄게 당황한 모습이 보이기 시작했다.

대한이 쐐기를 박듯 되물었다.

"아니야? 한 번도 그런 생각한 적 없어?"

"……."

그 물음에 황재우는 대답하지 못했다.

사실 요 근래 들어 슬슬 버티기가 힘들어 이따금씩 죽고 싶다는 생각이 들었기 때문이다.

죽으면 이 모든 것들로부터 해방 될 수 있으니까.

침묵은 긍정이라고, 황재우의 침묵에 대한이 말을 이어 나갔다.

"알잖아, 무작정 버티기만 하면 어떻게 되는지. 그리고 마음의 편지도 1303도 사실 실질적인 도움은 안 된다는 거. 너, 끝끝내 부모님이 부대에 왔으면 하냐?"

"부모님이…… 왜 오십니까?"

아…….

아직 자살예방 교육 전인가?

부대에서 정기적으로 실시하는 교육 중 자살 예방 교육이라는 것이 있다.

주된 목적은 당연히 자살을 미연에 방지하는 것인데, 그런 탓에 교육 내용들이 조금 자극적이었다.

예를 들어 극단적 선택을 한 병사들의 부모님들이 이후에 얼마나 힘들어 하는지 그런 모습들을 보여 주는…….

대한의 말이 이어졌다.

"뭐, 아무튼 난 네가 얼마나 힘든지 몰라. 하지만 죽을 만큼 힘들어서 만약 극단적인 선택을 하게 되면 너희 부모님이 죽은 널 보러 부대에 오시게 될 거야. 그리고 네가 왜 죽었는지에 대해 들으시게 되겠지. 근데 그거 아냐? 어쩌면 넌 죽어서도 네가 당한 것들을 부모님께 알리지 못할 수도 있다는 거?"

"그게…… 무슨 말씀이십니까?"

"네가 살아 있을 때도 힘들었음을 몰라 줬던 군대야. 근데 네가 죽는다고 알아줄까? 만약 여러 사람들의 이해관계에 의해 너의 사인이 다른 이유로 정정되면? 네가 피해자가 아닌 그냥 이상한 놈으로 치부되면 그땐 어떻게 할 건데?"

그 말에 황재우의 표정이 눈에 띄게 어두워졌다.

좀 극단적인 예시이긴 했지만, 과거에 겪었던 일들을 생각하면 충분히 있을 수 있는 일이라 생각했기 때문이다.

"뭐…… 솔직히 말해서 네가 나한테 도움을 요청한 것도 아니고 그렇다고 마음의 편지를 쓴 것도 아닌 마당에 무작정 도움을 받으라고 하는 것 자체가 좀 웃기긴 한데, 오늘 처음 본 내가 봐도 너에 대해 이렇게 느낄 정도면…… 병사들을 지휘해야 하는 소대장으로서 오지랖을 좀 부려도 되지 않을까?"

그 말이 결정타가 되었다.

모두들 알아도 모른 척 하거나 동조만 했다.

혹여 그 불똥이, 귀찮음이 자신에게 튈까 봐서.

그런데 오늘 처음 본 소대장은 그런 기색 없이 한 번에 자신의 아픔을 알아봐 주었다.

황재우의 호흡이 떨리기 시작했다.

손도 떨렸고 목이 울컥 멨다.

그 모습에 대한이 얼른 자리에서 일어나 자기 자리 의자를 빼 주며 말했다.

"걱정 마, 은밀하게 도와줄게. 설마 내가 멍청하게 조치하겠냐? 소대장 한번 믿고 그동안 네가 당했던 일들…… 아니 괴롭힌 애들부터 시작해서 괴롭힌 방법 등을 상세하게 한번 적어 봐. 자리 비켜 줄게. 30분이면 충분해?"

"……예, 충분합니다."

"그럼 30분 뒤에 올게. 그리고 혹시 누가 들어올 수도 있으니까 문 잠근다. 누가 문 두드려도 없는 척 해."

"감사합니다."

그때부터 황재우는 대한의 자리에 앉아 키보드를 두드리기 시작했고 대한은 약속대로 문을 잠근 채 간부 연구실을 나섰다.

'협조해 줘서 다행이다.'

혹여 끝까지 그런 일 없다고 잡아떼면 어쩌나 싶었다.

하지만 아픔에 장사 없다고 다행히 황재우는 협조해 주었고 일단 한시름 놓을 수 있게 되었다.

대한은 곧장 행정반으로 향했다.

"어, 1소대장님?"

행정반 문을 열자 누군가 급히 책상에서 다리를 내린다.

자리는 행정 보급관의 자리였으나 책상에서 다리를 내린 사람은 행보관이 아니었다.

어색하게 인사를 건네 오는 이.

곽재훈 상병이었다.

대한이 반가움에 미소 지으며 말했다.

"너…… 그러다 다른 간부한테 걸리면 어쩌려고?"

"하하…… 다들 퇴근하신 줄 알았습니다. 죄송합니다."

상병 곽재훈.

중대 취사병, 행정병, 운전병들이 모여 있는 본부 소대의 최고 선임이자 보급계로서 중대의 평시, 훈련 상황 가리지 않고 일을 가장 많이 하는 병사 중 하나였다.

그래서 중대장과 행정 보급관의 신임이 두터웠고 그 덕에 병장들도 함부로 대하지 못하는 인물이기도 했다.

덩달아 대한에게도 아주 고마운 인물이었다.

'옛날에 행정 업무는 거의 재훈이한테 배웠었지.'

지금 생각해 보면 참 웃긴 일이었다.

간부도 아니고 병사한테 업무를 배우다니.

하지만 당시에는 어쩔 수 없었다.

선임들이 안 알려 줬으니까.

'생각해 보니까 열받네. 물어보면 모르냐고 갈구고 물어보면 물어본다고 갈구고…….'

그래서 장교가 아닌 부사관인 3소대장에게 조용히 도움을 요청해 보았지만…….

'부사관이 장교 업무를 어떻게 알려 주냐며 피하기만 했었지.'

그렇게 혼자 울며 행정 처리를 배워 갈 때 유일하게 대한을 도와준 게 바로 곽재훈이었다.

심지어 잘 가르쳤다.

만약 행정 업무를 가르치는 교관직이 있다면 추천하고 싶을 정도로.

그래서 여러모로 고마운 점이 많은 병사였다.

곽재훈이 어색하게 물었다.

"근데 무슨 일이십니까?"

"아참, 너한테 물어볼 게 있어서."

"저한테 말입니까?"

"응, 혹시 행정병 자리 빈 곳 있나?"
"공석 물어 보시는 거면 인사계 자리 하나 남아 있습니다."
"얼마나 안 들어왔는데?"
"한 6개월 됐을 겁니다."
행정병은 대부분 특기가 있기에 병력 충원이 빠른 편이 아니었다.
길면 1년이나 들어오지 않을 때가 있을 정도로.
게다가 군의 특성상 전방부터 충원이 되고 남은 인원들이 후방에 충원되기 때문에 후방에 있는 영천은 자연스레 특기병들의 충원이 늦을 수밖에 없었다.
그 덕에 죽어 나가는 것이 바로 그 업무를 대신 맡아 처리하는 다른 특기의 행정병들이었고.
"그럼 지금 그 업무는 누가 하고 있는데?"
"제가 하고 있습니다."
역시 그럴 줄 알았다.
대한의 기억 속에도 그랬었으니까.
대한이 씩 웃으며 물었다.
"안 힘드냐?"
"하, 솔직히 죽겠습니다. 보급관님이 동원 전까진 들어올 거라 하셨는데 결국 안 들어와서 이번 훈련 때 인사랑 보급을 같이하게 됐습니다."
"훈련 때 인사랑 보급을 같이한다니…… 그래도 휴가는 확정이겠네.”

“훈련 유공자 포상휴가 말씀이십니까? 아, 필요 없습니다. 동원 얼마나 하는지 알고 계시지 않습니까. 3주입니다. 3주. 3주 동안 주말에 쉬는 건 꿈도 못 꾸는데 포상휴가가 다 무슨 소용이겠습니까.”

곽재훈은 이때다 싶었는지 울분을 토해 내기 시작했다.

그 말에 대한이 고개를 끄덕이며 맞장구를 쳐 주었고.

“명부 만들고 동원 막사 물자 옮겨 놓으려면 많이 힘들겠네.”

“예, 맞습니다. 도움을 청해도 도움 되는 놈이 없습니다.”

“그럼 내가 중고 후임 하나 빌려줄까?”

“예? 아, 아니 잘못 들었습니다?”

“비편제로 1소대에서 하나 차출해 줄 테니까 키워 볼래?”

“……소대장님? 군 생활 여기가 처음 아니십니까?”

“그렇지?”

대한의 말에 곽재훈은 한숨을 푹 내쉬며 말했다.

“소대장님, 그렇게 막 병력 옮기시면 안 됩니다. 진짜 필요하면 쓰긴 하겠지만 그것도 중대장님이나 대대장님이 승인해야 가능한 일입니다. 소대장님이 보내 준다고 막 보낼 수가 없습니다.”

틀린 말은 하나도 없었다.

하지만 그런 것도 모르고 말을 꺼낸 대한이 아니었다.

“뒤에 들어올 진짜 행정병 때문에 그러는 거지? 그런 거라면 걱정 안 해도 돼."

그 말에 곽재훈이 답답하다는 듯이 미간을 찌푸렸다.

"그게 무슨…… 아니, 소대장님. 왜 걱정이 안 되겠습니까? 그러다 나중에 진짜 행정병이라도 들어오면 그땐 어떻게 하실 겁니까? 끌어다 쓴 애는 다시 소대로 보냅니까? 그렇다고 행정병으로 온 애를 소대로 보낼 건 아니지 않습니까? 설령 보낸다고 해도 주특기가 달라서 군 생활 적응 못 합니다."

역시 곽재훈.

머리가 팍팍 돌아간다.

하지만 짬밥은 대한이 더 먹었다.

"그럼 너처럼 만들면 되잖아."

"그건 또 무슨 말씀이십니까?"

"너처럼 인사, 보급, 탄약 다 할 줄 알면 행정반에 붙어 있어야 하지 않을까?"

"하나도 머리 깨지는데 그걸 어떻게 다 합니까?"

"넌 하잖아?"

대한의 말에 곽재훈의 미간이 잠시 좁혀지더니 몸을 배배 꼬며 괴로워했다.

"그렇긴 한데………… 으으, 생각해 보니까 진짜 존나 억울한 것 같습니다."

"하하, 너 정도 하면 중대장님이나 보급관도 알아서 안 보내실 걸?"

"아, 뭐 그렇긴 할 것 같습니다. 아니, 분명 전문하사까지 시키려 하실 겁니다. 분명히."

왜 그렇게 잘 아냐고?

지금 곽재훈의 상황이 그랬으니까.

현재 곽재훈은 매일같이 전문하사 서류를 들이미는 행보관과 창과 방패의 싸움을 하고 있었다.

아마 이대로라면 머지않아 사인하게 될 지도 모를 일.

그런 생각이 들자 문득 대한의 제안이 달콤하게 들리기 시작했다.

몸을 꼬던 곽재훈이 바로 앉으며 대한에게 바짝 붙었다.

"……소대장님, 정말 빌려주실 겁니까?"

"왜, 갑자기 솔깃해졌냐?"

"예, 많이 솔깃합니다."

"교환이나 환불은 안 된다."

"그럴 생각 절대로 없습니다."

순간 두 사람의 눈빛이 허공에서 강렬한 스파크를 일으켰고 대한이 곽재훈에게 손을 내밀며 말했다.

"너만 믿는다. 재훈아."

"제 군 생활 최고의 피카츄로 키워 보겠습니다."

"대신 보낼 때 서포트 부탁한다."

"걱정하지 마십쇼, 출전만 시켜 주시면 제가 어떻게든 해 보겠습니다."

“역시 행정반 에이스, 근데 뭐 보고 있었냐?”

“축구 보고 있었습니다. 같이 보시겠습니까?”

“축구 좋지.”

협상을 마무리 지은 두 사람은 사이좋게 행정반 의자에 앉아 축구 시청을 시작했다.

⁂

“다 썼냐?”

“예, 소대장님.”

반 시간 뒤.

시간 맞춰 다시 간부 연구실을 찾았을 때 황재우는 제법 홀가분해진 표정으로 대한을 기다리고 있었다.

대한은 황재우가 메모장에 적은 것들을 확인했고 과거, 일기장에서 봤던 것과 크게 다르지 않음을 알고 황재우의 어깨를 두드려 주었다.

“고생했네. 얼른 가서 쉬어. 누가 물어보면 내가 간부 연구실 청소시켰다고 하고.”

“……감사합니다.”

“감사는 무슨, 당연히 해야 될 일인데 그나저나…… 보안 알지?”

대한이 집게손가락으로 입술 지퍼를 만들어 보이는 시늉을 하자 황재우가 비장한 표정으로 고개를 끄덕였다.

"근데 일이 처리되면 아마 소대에 있긴 힘들 거야."

"……어느 정도 예상은 하고 있습니다."

"그래?"

"예, 사실 아무리 보안을 지켜도 제가 한 일이라고 알려질 게 뻔하지 않습니까."

"뭐, 아니라고 생각해도 그렇게 생각할 놈들이긴 하지. 그래서 말인데 재우 너, 행정병 해 볼 생각 없냐?"

"……제가 말입니까?"

"응, 너 잘할 거야."

군대에서 영창을 다녀오거나 징계를 받는 놈들은 보통 다른 부대로 보내 버린다.

그래야 조용히 지내니까.

하지만 피해자들은 반대다.

오히려 행보관이나 중대장 옆에 딱 붙여 놓고 보호한다.

과거의 황재우도 그랬었다.

곽주진에게 여론몰이 당해 관심 병사 취급받긴 했으나 가해자 포지션은 아니었으니까.

그리고 무엇보다도 황재우가 행정병을 해야 하는 이유가 있었다.

'재우만 한 SS급 행정병이 없었으니까.'

대한의 눈이 형형하게 빛나기 시작했다.

'재훈이만큼이나…… 아니 스탯면에선 재훈이를 능가하는 역대급 행정병이었지.'

지금이야 위축돼 있어서 그렇지 황재우는 일머리와 센스까지 겸비한 SS급 인재였다.

특히 그 능력은 인정을 받으면 받을수록 두드러져 종국에는 각종 검열에 대한 대비를 반년 전에 미리 끝내 버리는 기염을 토해 내 모든 간부들의 사랑을 받기에 이른다.

이런 미래를 알고 있기에 곽재훈에게 확실히 밀어붙일 수 있었던 것.

그러나 황재우는 불안했다.

자신이 일을 잘할 수 있을지에 대해선 둘째 치고 행정병이 되도 자신을 괴롭혔던 선임들과 마주쳐야 했으니까.

그 마음을 아는 대한이 미리 말했다.

"혹시라도 괴롭혔던 놈들이랑 마주치는 게 부담스러워서 그러는 거면 걱정 안 해도 돼. 소대장이 설마 계획도 없이 널 보내겠냐. 행정반에 든든한 방패막이 하나 심어 놨으니 네가 걱정하는 그런 일은 없을 거야."

다른 일도 아니고 본인의 전문하사 임관을 막기 위해서라도 곽재훈은 온몸을 던져 황재우를 수호할 것이다.

게다가 무엇보다도…….

'설마 인사계원한테 깝치는 놈이 있을까.'

행정병…… 특히 인사를 담당하는 병사만큼 부대에서 힘 센 병사도 없다.

근무 스케줄부터 휴가 일정까지 모든 게 그들 손에서 움직여지니까.

대한의 격려에 황재우는 그제야 고개를 끄덕였다.

"신경 써 주셔서 감사합니다."

"아마 빠르면 내일, 늦으면 동원 훈련 끝나고 갈 거야."

"내일이라면 당장 내일 말씀이십니까?"

"왜? 뭐 문제 있어? 싫으면 주진이랑 좀 더 생활해도 되고."

"아, 아닙니다! 지금이라도 당장 갈 수 있습니다!"

손사래 치는 황재우가 퍽 귀엽다.

대한이 웃으며 등짝을 탁! 쳐 주었다.

"그래. 그럼 이제 얼른 가서 쉬어 나도 정리하고 퇴근해야 하니까."

"예, 소대장님!"

황재우가 떠나고 대한은 황재우가 작성한 부조리 리스트를 정리해 프린트 한 뒤 곱게 접어 전투복 상의 주머니에 넣었다.

대한이 기지개를 하며 중얼였다.

"끄으으, 첫날이라 그런가. 하루가 엄청 긴 것 같네."

하지만 이 기분.

결코 나쁘지 않았다.

아무것도 모르고 허둥대기 바빴던 과거의 첫날과 비교하면 오늘 하루는 굉장히 알찼으니까.

'어쩌면 군 생활이 마냥 지루하지만은 않을지도?'

그런 생각들에 싱긋싱긋 웃으며 퇴근했다.

✵

다음 날 아침.

대한은 아침 일찍부터 중대장실 앞에서 이영훈을 기다렸다.

그는 항상 중대장실에 들렀다가 아침을 먹으러 가는 습관이 있어 여기서 기다리고 있으면 자연스럽게 같이 아침을 먹을 수가 있기 때문이다.

'그리고 이때가 가장 이영훈이 관대한 시간이기도 하고.'

항상 예민한 이영훈이었지만 특별한 이유가 없다면 하루 중 가장 관대한 시간이 바로 이때였다.

그래서 무언가 이영훈에게 할 이야기가 있으면 항상 이 시간을 이용했다.

덕분에 함께 아침 먹는 습관도 생겼었고.

이윽고 멀리서 전투화 소리가 들려왔고 대한은 전투복을 정리한 후 이영훈에게 경례했다.

"충성! 중대장님 좋은 아침입니다!"

"어, 충성. 일찍 출근했네?"

"예, 일과 확인도 할 겸 아침 식사를 위해 일찍 나왔습니다."

"너도 아침 챙겨 먹는구나? 아침을 챙겨 먹는다는 건 좋은 습관이지. 잠깐만 기다려. 짐만 놔두고 같이 밥 먹으러 가자."

"예, 알겠습니다."

예상대로 대한은 자연스레 이영훈과 아침을 함께할 수 있었고 간부 식당에 도착한 이영훈이 슬쩍 반찬통을 열어 보며 나지막이 감탄했다.

"크…… 쏘야에 미역국이라니, 오늘 아침상 좀 괜찮네."

"최고의 아침인 것 같습니다."

"그래, 쏘야만 한 반찬이 또 없지. 맨날 이렇게만 나오면 잔반 따윈 없을 텐데 말이야, 그치?"

"맞습니다. 더 먹으려고 다들 눈에 불을 켜지 않겠습니까?"

대한의 말에 기분 좋게 고개를 끄덕이던 이영훈은 갑자기 한숨을 내쉬기 시작했다.

"왜 그러십니까?"

"갑자기 내 처지가 웃겨서."

"중대장님 처지가 왜 웃깁니까, 하나도 안 웃깁니다."

"그게 아니라…… 대한아, 넌 내가 군인 하면서 밖에 있는 동기들이 제일 부러울 때가 언제인지 아냐?"

"밖이라면 전역한 동기분들 말씀이십니까?"

"엉."

"장기도 되셨는데 동기들이 부러울 게 뭐가 있으십니까? 오히려 전역한 동기들이 중대장님을 부러워하지 않겠습니까?"

그 말에 이영훈이 픽 웃었다.

“새끼…… 아침부터 혓바닥 드리블 치는 거 봐라? 암튼 뭐, 걔네가 가장 부러울 때가 언제냐면 인스타나 페북에 밥 사진 찍어 올릴 때야.”

“그건…… 저희도 먹으러 나갈 수 있지 않습니까? 찾아보니 근처에 대학교도 꽤 있던 것 같은데 말입니다.”

“야, 여기서 나가 봤자 얼마나 나갈 수 있다고…… 그리고 먹어 봤자 대학로 밥이 다 거기서 거기지. 취직 잘한 동기들 보면 구내식당의 퀄이 달라요, 퀄이. 근데 난 뭐냐, 끽해야 쏘야 나왔다고 좋아하는 꼴이라니. 갑자기 현타가 와서 그런다.”

음.

이영훈의 말들 중 틀린 건 없었다.

물론 현재 복무 중인 부대가 대도시랑 가까운 후방부대라 전방 보다는 여건이 좋은 게 사실이었지만.

사람 심리란 게 서 있으면 앉고 싶고 앉으면 눕고 싶기 마련이었으니까.

‘하긴 아무리 여건 좋아도 부대 복귀 시간 따지면 갈 수 있는 곳이 한정적이긴 하지.’

이건 대한에게도 중요하다면 몹시 중요한 문제였다.

‘나도 여기서 몇 년은 있어야 하는데 아무래도 이건 대책이 좀 필요하긴 하겠어.’

얼마 뒤, 두 사람은 식사를 마친 후 간부 식당 앞 흡연장으로 향했다.

이영훈이 담뱃불을 붙이고 한 모금 들이켜자 대한은 그제야 준비했던 안건을 이야기하기 시작했다.

"저, 중대장님? 드릴 말씀이 있습니다."

"뭔데?"

"오자마자 이런 걸 보여 드리게 돼서 죄송하게 생각합니다만……."

그 말에 대한은 앞주머니에 넣어 둔 것을 꺼내 내밀었다.

"이게 뭔데?"

"어제 면담 간 알게 된 사실들을 간략히 정리해 놓은 것입니다."

"면담?"

그 말에 이영훈은 조용히 쪽지를 읽기 시작했다.

그리고 시간이 지날수록 눈동자가 커지더니 종국엔 얼굴이 구겨질 대로 구겨져 있었다.

"이 새끼들이 누구 군 생활 망치려고 작정했나…… 1소대장, 이거 진짜야?"

"아직은 증언뿐이긴 합니다만, 제 생각엔 진짜인 것 같습니다."

그 말에 이영훈은 담배를 순식간에 빨아들인 뒤 손가락으로 꽁초를 튕겼다.

"곽주진 이 새끼, 잘한다 잘한다 해 줬더니 이딴 식으로 뒤통수를 쳐? 내 이 새끼를 지금 당장……!"

당장이라도 곽주진을 잡아 죽이려는 모양새에 대한이 급히 그를 제지하며 말했다.

"주, 중대장님. 좀 진정하시는 게 어떠시겠습니까?"

"내가 지금 진정하게 생겼어?"

"화나신 건 충분히 이해합니다. 근데 제가 간밤에 생각을 좀 해 봤는데 지금 중대장님께서 나서셔서 즉각적인 조치를 취하시기보다는 좀 더 계획적으로 접근해 아예 이번 사건의 뿌리 자체를 뽑는 게 어떠시겠습니까?"

"뿌리 자체를 뽑자고?"

"예, 그렇습니다. 중대장님, 아직 중대에 1년 이상은 더 계셔야 하지 않습니까."

그 말에 이영훈의 눈이 가늘어졌다.

동시에 대한의 베레모에 달린 다이아몬드 1개를 보았다.

소위가 뭘 알겠냐 싶기도 하겠지만 일리 있는 말이긴 했다.

"그래서?"

"……쪽지를 보셔서 아시겠지만 이건 비단 곽주진만의 문제가 아닙니다. 아마 중대장님이 나서시면 곽주진을 제외하고도 스스로 양심에 찔리는 놈들이 곽주진의 만행을 숨겨 줄 게 분명합니다. 그래야 자기들한테도 불똥이 안 튈 테니 말입니다."

"그럼, 뭐 생각해 놓은 거라도 있나?"

이영훈의 물음에 대한이 고개를 끄덕이며 대답했다.

"제 소대원들이기도 하니 제가 직접 핸들링 해 보겠습니다.

기간은 한 달 정도로 잡고 동원 훈련이 끝남과 동시에 징계위원회를 열 수 있도록 준비하겠습니다."

대한의 말에 이영훈은 천천히 고개를 끄덕였다.

확실히 훈련 시작도 전에 이런 일이 발생하면 여러모로 골치 아팠으니까.

"핸들링 계획이나 한번 들어 보자."

"예, 제 계획은……."

대한의 말을 듣는 이영훈의 고개가 간헐적으로 끄덕여진다.

⁂

오전 일과는 동원 막사 점검이었다.

예비군들이 2박3일 동안 들어와서 취침할 곳으로, 흔히 말하는 구 막사였다.

"선풍기 여분 그게 전부야? 확실해? 행정반이랑 간부 연구실에 있는 건 부채냐? 가서 다 들고 와!"

준비는 대한이 아니라 곽주진이 했다.

마치 대한에게 작업은 이렇게 하는 것이라고 보여 주듯 곽주진은 열과 성을 다해 진두지휘했고 대한은 그 모습에 고개를 끄덕였다.

'확실히 리더십은 있네. 일머리도 있고.'

에이스는 에이스였다.

다만 폭군이라서 문제지.

곽주진이 소리쳤다.

"군장이랑 침구류 오와 열 안 맞춰 놓지? 다 엎을까?"

"아닙니다!"

"20분 준다. 존나 많이 줬으니까 여유 부리지 말고 빨리 한 뒤에 점검까지 싹 하고 있어라. 검사했을 때 맘에 안 들면 싹 다 엎어 버릴 거니까."

지시를 마친 곽주진이 꽤나 흡족한 표정으로 대한에게 다가와 거들먹거리며 말했다.

"소대장님, 담배 한 대 피우러 가십니까?"

"난 담배 안 태우는데?"

"에이, 애들 일 다 시켜 놨는데 뭐 한다고 여기 계십니까, 저 담배 피는데 옆에서 이야기나 해 주십쇼."

참.

누가 간부고 누가 병사인지.

그러나 대한은 대충 고개를 끄덕여 준 뒤 곽주진과 함께 밖으로 나왔다.

병사들 열기로 가득한 막사를 나오니 시원한 청량감이 밀려왔다.

곽주진이 이마에 흐르는 땀을 닦으며 인상을 찌푸렸다.

"하, 막사 개덥네, 진짜. 올해도 예비군들 존나 지랄하겠어."

그러고는 주머니에서 담배를 꺼내 물며 대한에게 말했다.

"소대장님, 혹시라도 애들한테 잘 해 줄 생각하지 마십쇼. 잘 해 주면 만만하게 보고 기어오릅니다."

그 말에 대한은 자기도 모르게 실소를 터뜨리며 말했다.

"에이, 그래도 다 강제로 온 건데 잘 해 줘야지. 안 그래?"

그 말에 곽주진이 인상을 팍 구기며 말했다.

"하…… 소대장님, 답답한 소리 좀 그만하십쇼. 소대장님이 일 다 하실 겁니까? 애들 시켜야 하는 사람이 잘 해 주기만 하면 애들이 말을 안 듣는다니까요?"

이젠 별로 화도 안 난다.

기세등등하게 구는 모습이 퍽 귀엽게 느껴질 뿐.

그래서일까?

새삼스레 옛날 생각이 났다.

그때는 이런 모습이 카리스마 있다고 생각해 끌려다니는 줄도 모르고 그저 곽주진에게 의지하기 바빴던 과거의 나날들이.

'하지만 이번엔 다를 거다.'

대한이 픽 웃으며 말했다.

"그래그래, 알겠어. 그나저나 주진이가 분대장이라서 참 다행이네. 주진이 전역하면 나 혼자 어떻게 하냐."

"에이, 제가 잘 알려 드리겠습니다. 게다가 지금 따로 키우고 있는 애도 있으니까 소대장님은 그런 걱정 안 하셔도 됩니다. 부대 전통은 유지하고 나가 드릴 테니까."

부대 전통.

부조리 리스트에 있던 것 중 하나였다.

역시 방심만 한 미끼도 없다고 대한이 모른 척 질문했다.

"키우는 애라면 성목이 말하는 건가?"

"예, 저 전역하면 성목이가 저 대신 애들 잡아 줄 겁니다."

"그래? 그럼 부대 전통은 뭔데?"

"아, 이건 원래 병사들만 알아야 하는 건데…… 특별히 소대장님은 알려 드리겠습니다. 원래 저희 부대에 전입 오면 말입니다……."

인정에 취한 곽주진은 신난 마음에 알아서 부대 전통이라는 부조리들에 대해 늘어놓기 시작했다.

대한은 그 말에 귀 기울이며 고개를 끄덕이기 시작했고.

'이럴 때 보면 참 멍청하단 말이야.'

신나서 병사들 부조리에 대해 떠드는 주진을 보며 대한은 생각했다.

후임들 교육할 때 주적은 간부라고 교육하던 놈이 정작 간부 앞에서 부조리 브리핑이라니.

덕분에 징계 준비가 수월해질 예정이었다.

지잉-지잉-.

그때 대한의 폰이 울렸다.

발신자는 이영훈.

느긋하게 받았다.

"충성! 예, 중대장님."

"어, 대한아. 동원 막사 준비 잘 하고 있냐?"

"예, 이상 없습니다."

"그…… 곽주진은?"

아무래도 불안했던 모양.

이해는 됐다.

대한이 여러 가지를 보여 주긴 했지만 이제 겨우 이틀 차였으니까.

그 물음에 대한이 곽주진과 눈을 맞추며 씩 웃자 곽주진도 대한을 따라 씩 웃었다.

대한이 말했다.

"순조롭습니다."

"흠, 그래?"

"예, 그렇습니다. 그런데 무슨 일이십니까?"

"아참. 아깐 정신이 없어서 말 못 했는데 오늘 대대장님이 소위들 면담 점심 식사하시면서 하신다니까 좀 일찍 내려와서 복장 점검하고 11시 30분까지 대대장실로 가면 된다."

"예, 알겠습니다."

아참.

그러고 보니 대대장 면담이 있었지.

대한이 전화를 끊고 곽주진에게 말했다.

"일이 생겨서 조금 일찍 내려가야 될 것 같은데 이따 애들 정리해서 알아서 내려와 줄래?"

"예, 알아서 잘하고 내려가겠습니다. 먼저 내려가십쇼."

"그래."

대한은 곽주진의 경례를 대충 받아 준 뒤 먼저 내려가기 시작했다.

⁂

대대장실 앞, 방에 들어가기 전 대한과 동기들이 서로의 전투복을 점검해 주었다.

전투복 점검 중 정호준이 물었다.

"대한아, 뭐 하다가 왔냐?"

"동원 막사 점검하다가 왔지. 왜?"

"좋겠다."

"뭐가 좋아?"

"다음 주가 훈련인데 우린 아직 현장도 못 봤거든."

"현장을 왜 못 봐?"

"그냥 간부 연구실에서 소대원 이름 외우기나 시키던데?"

"중대장님이 따로 뭐 지시하신 건 없었고?"

"바쁘니까 나중에 보자고 하시던데?"

"그래?"

음.

생각해 보니 정호준과 윤지호가 소대장으로 있는 2중대의 중대장이 어떤 인물인지 떠올랐다.

그는 육사 출신으로 출신지를 엄청 따지는 인물이었는데 그 중에서도 특히 3사 출신을 가장 싫어했다.

그리고 정호준과 윤지호는 둘 다 3사 출신.

'그래도 그렇지 동원 훈련을 앞두고 방치라니…… 다음 주에 욕 엄청 먹겠네.'

두 사람의 미래는 뻔했다.

아마 각자 맡은 교육장도 제대로 찾아가지 못할 테고 예비군 인솔에도 난항을 겪을 테지.

대한은 잠깐의 고민 끝에 안타까운 동기들을 위해 조언해 주었다.

"소대원들은 다 작업 갔겠네?"

"그렇지? 중대가 조용해."

"그럼 주말에 소대원들한테 먹을 거 사 주면서 한번 살살 물어봐. 이대로 가만히 있으면 다음 주가 많이 힘들 거야."

대한의 말에 정호준이 일리가 있다는 듯 고개를 끄덕였다.

하지만 윤지호는 좀 달랐다.

"힘들어지긴 우리가 왜 힘들어지냐? 우리 중대장님도 다 생각이 있으시니까 별말씀 없으신 거겠지."

거 참.

이 새끼 또 이러네.

하지만 괜히 진 뺄 이유가 없지.

대한이 고개를 끄덕이며 대답했다.

"그렇게 생각한다면 어쩔 수 없고."

줘도 못 먹는 놈을 굳이 달래 가면서까지 떠먹여 줄 필요는 없다.

모든 선택은 자신이 하는 것이었으니까.

대한의 말에 윤지호는 묘하게 기분이 나빴는지 눈살을 찌푸렸다.

하지만 대한은 못 본 척 하고 태연스레 말했다.

"대충 정리 끝나면 들어가라고 하셨지?"

"어, 소대장들이 애도 아니고 인솔 없이 오라 하셨어."

원래라면 중대장까진 아니더라도 최소 인사과장이 인솔하긴 해야 했다.

하지만 박희재 대대장은 소대장들이 자신에게 쉽게 왔으면 하는 마음에 이런 지시를 내렸던 것.

대한의 입장에선 차라리 환영이었다.

이러나저러나 상급자가 함께 있다는 건 불편했으니까.

대화가 끝난 뒤, 대한이 두 사람을 말없이 쳐다보자 윤지호와 정호준은 고민 끝에 뒤로 반보씩 물러나며 무언의 동의를 했다.

똑. 똑. 똑.

"대대장님, 소위 김대한 외 2명, 들어가도 되겠습니까?"

그 말에 기지개 펴는 소리와 함께 들어오라는 말이 떨어졌고 대한이 벌컥 문을 열며 경례했다.

"충성! 소위 김대한 외 2명, 대대장님께 용무 있어 왔습니다. 용무는 면담입니다."

"어어, 거기들 앉아라. 콜라 괜찮지?"

그 말에 정호준이 크게 대답했다.

"예, 좋습니다!"

"목소리에서 이미 신이 났구먼. 단장님은 차로 줬지?"

"예, 단장님과의 면담에서는 차를 마셨습니다."

"쯧쯧, 더워 죽겠는데 차는 무슨 차…… 안 그러냐?"

"하하, 맞습니다. 콜라가 훨씬 좋습니다!"

그 말에 정호준이 밝은 표정으로 대답했고 대한은 속으로 고개를 내저었다.

'아이고 호준아, 좋긴 뭐가 좋냐.'

이건 일종의 테스트였다.

아무리 눈앞의 상급자 비위를 맞추는 게 우선이라지만 그래도 넘지 말아야 할 선이란 게 있기 때문이다.

물론 누군가는 고작해야 맞장구인데 뭘 그리 예민하게 구냐고 할 수도 있겠지만…….

'대대장이랑 단장은 친구 사이고 우리 대대장은 진짜 보수적인 꼰대인 게 문제란 말이지.'

아니나 다를까.

정호준의 대답에 박희재의 눈살이 조금 찌푸려졌다.

역시 테스트가 맞았다.

'호준아 고생해라.'

아마 정호준은 높은 확률로 평정에서 낮은 점수를 받을 것이다.

전역을 앞둔 중령은 뒤를 생각하지 않으니까.

"그래, 그 좋아하는 콜라 마음껏 먹어라. 냉장고에 많으니까 더 마시고 싶으면 말하고."

"예, 감사합니다."

"잘 마시겠습니다."

이윽고 모두들 콜라로 목을 축였고 박희재가 콜라 캔을 내려놓으며 말했다.

"그래…… 어제랑 오늘, 이제 부대에 들어온 지 이틀 차인데 다들 뭐했는지 한번 들어나 볼까? 일단 대한이부터 말해 봐라."

"소위 김대한!"

대한은 박희재의 부름에 관등성명을 대고 대답을 시작했다.

"어제는 사격장 통제 이후 단과 대대 축구 시합에 참여했고, 중대장과 저녁식사를 같이했습니다."

"축구? 너도 축구 했었냐?"

"예, 그렇습니다."

"응? 못 본 것 같은데…… 아! 그러고 보니 이제 기억이 나네. 현정국이한테 죽어라 태클하던 게 너구나?"

"하하…… 작전장교에게 태클하던 선수는 저뿐이었던 것 같긴 합니다."

"이야…… 난 또 새로 온 병사인 줄 알았지. 잔디도 아닌 흙바닥에 그렇게 몸을 날려 대는 게 어찌나 인상적이던지."

"감사합니다."

"까진 곳은 없고?"

"무릎이 조금 까지긴 했는데 괜찮습니다."

"그래, 군대 축구가 언제부터 신사적이었다고. 피와 살이 튀는 것이 군대 축구 아니겠냐?"

"맞습니다."

"난 그런 게 군인 정신이라고 본다. 축구도 따지고 보면 하나의 전투잖아? 그런 의미에서 넌 이제 단이랑 축구 할 때 절대 빠지지 마라. 어제 덕분에 기분 좋은 밤이었다."

내기에서 이겨서 제대로 대접받은 모양.

대한이 싱긋 웃으며 말했다.

"대대장님께 도움이 되었다니 영광입니다."

"그래그래. 좋은 소대장이 우리 부대에 온 것 같아서 기분 좋구만. 근데 중대장이 뭐 맛있는 거 사 주든? 어제 무릎 까지게 고생했는데 말이야."

박희재의 물음에 대한은 불쌍한 이영훈의 얼굴이 떠올랐다.

'동원 훈련 때문에 바쁜 거 알면서도 저런 질문이라니…….'

물론 박희재의 질문이 이상한 건 아니었다.

신임 간부가 오면 부대에 잘 적응하도록 지휘관이 회식을 시켜 주는 게 관례였으니까.

하지만 시기가 시기인지라 회식하기 힘들었을 뿐.

대한은 불쌍한 이영훈을 위해 최대한 조리 있게 대답했다.

"중대장은 영외로 나가 회식하려고 했으나, 제가 동원 훈련 전에 소대원들과 친해지고 싶은 마음이 커서 동원 훈련이 끝나고 난 뒤에 회식시켜 달라고 부탁했습니다."

"그으래? 이야, 이거 축구만 잘하는 줄 알았더니 뭐가 중요한지 확실하게 알고 있구만? 그래서, 소대원들 면담은 잘했나?"

"예, 시간 관계상 분대장과 이병들만 면담했고 연대 통합 정보 시스템에 면담 기록들을 남겨 놓았습니다."

대한의 막힘없는 대답에 박희재는 미간을 좁혔다.

마치 콜라라도 한 입 먹은 표정이었다. 그리고 바로 고개를 돌려 다른 소대장들을 보았다.

"2중대 소대장들."

"소위 정호준."

"소위 윤지호."

"너희는 혹시 면담했냐?"

"……죄, 죄송합니다."

"……아, 아직 못 했습니다."

"그래?"

그 대답들에 박희재가 다시 대한을 보며 미간을 좁혔다. 그러고는 턱을 어루만지며 말했다.

"근데 너 장기 안 한다고 했다며?"

"예, 단장님께 장기 복무에는 뜻이 없다고 말씀드렸습니다."

"혹시라도 마음 바뀌면 말해."

"예, 대대장님. 신경 써 주셔서 감사합니다."

씨알도 안 먹히는 소리.

대대장이 어떤 뜻으로 한 말인지는 알았지만 대한에게는 손톱도 안 박히는 말이었다.

박희재가 흡족함에 고개를 끄덕이며 말했다.

"그나저나 어제 단장님이랑 뭐 먹었냐?"

"갈비탕 먹었습니다."

"돈도 많은 놈이 쪼잔하게 갈비탕이나 사 줬단 말이지……."

그 양반 참.

아무리 단장이랑 동기인 건 알지만 소위들 듣는데 말조심 좀 하지.

하지만 박희재는 별로 신경 쓰지 않는다는 듯 자리에서 가볍게 일어나며 말했다.

"나가자. 오랜만에 재밌는 소대장들이 들어왔는데, 맛있는 거 사 줘야지. 단장보다 더 맛있는 거 사 줄 테니까 걱정 말고."

"예, 알겠습니다!"

"3명이니까 그냥 내 차 타고 가자, 이번에 차 새로 뽑았는데 단장 거보다 훨씬 좋은 차야."

이젠 아예 호칭도 지키지 않았다.

심지어 차 자랑까지 곁들였다.

윤지호는 그 틈을 놓치지 않고 좀 전의 실수를 만회하기 위해 대대장에게 새 차에 대한 질문을 늘어놓기 시작했고 기분 좋아진 박희재는 본격적으로 차 자랑을 시작했다.

대한은 그때를 놓치지 않고 조용히 반 보 뒤로 물러나 휴대폰으로 이영훈을 찾기 시작했다.

갑작스러운 점심 약속이 생겼으니 미리 보고를 하기 위해서였다.

그때, 박희재가 대한을 보며 말했다.

"대한이는 차 별로 안 좋아하나? 폰만 만지고 있네?"

"아닙니다. 중대장한테 간단하게 보고하려던 참이었습니다."

"아, 그러고 보니 아직 보고를 못 했겠구만. 걱정마라, 내가 대신 해 줄 테니까. 그나저나 대한이는 무슨 차 좋아하나?"

"네, 저는……."

대한에 대한 대대장의 집중적 관심에 윤지호의 표정이 미세하게 일그러진다.

✻

이영훈은 울리는 휴대폰을 보자마자 황급히 전화를 받았다.

"충성! 1중대장! 부대 이상 없습니다!"

"어, 그래. 1중대장 동원 준비는 끝났나?"

"예, 마지막으로 오후에 한 번 더 점검 후 최종 보고드리겠습니다."

"뭐, 그건 천천히 해도 상관없고…… 그나저나 니네 소대장 좋더라."

"잘못 들었습니다? 소대장이 좋다니 그게 무슨 말씀이십니까?"

밑도 끝도 없는 소대장 칭찬에 이영훈은 크게 당황했다.

그에 박희재가 기분 좋게 웃으며 말했다.

"쓸 만한 놈 받은 거 축하한다고, 인마."

"아, 맞습니다. 감사합니다, 대대장님!"

"그래, 일단 내가 데리고 간다. 예쁜 놈 밥 좀 먹이고 보내 줄게."

"사지 멀쩡히만 돌려주시면 감사하겠습니다!"

"어쩌냐, 배 터트려서 보낼 것 같은데?"

"하핫! 식사 맛있게 하고 오시기 바랍니다!"

"그래, 고생해라."

"예, 알겠습니다. 충성!"

전화를 끊은 이영훈은 한동안 말없이 휴대폰을 보았다.

동시에 자기도 모르게 실실 웃고 있었다.

그도 그럴 게 자신의 부하가 상급자에게 칭찬받은 건 군 생활을 통틀어 이번이 처음이었기 때문이다.

그런데 그 기분이 아주 괜찮다.

이영훈이 실실 웃으며 대한에게 문자 한 통을 보냈다.

밥 맛있게 먹고 와라.

왠지 오늘 점심은 조기 튀김이 나와도 아주 맛있게 먹을 수 있을 것 같았다.

✱

점심으로 삼겹살을 얻어먹은 대한은 주둔지로 복귀하자마자 간부 연구실로 향했다.

다들 휴식을 취하는지 1중대가 있는 2층 전체가 조용했고 그건 간부 연구실도 마찬가지였다.

불이 꺼져 있는 걸 보니 누가 취침이라도 하고 있는 듯했고 대한은 조심스럽게 문을 열었다.

그러자 책상에 다리를 올리고 눈을 감고 있는 백종우가 눈에 들어왔다.

이런.

그냥 피엑스로 가서 쉴 걸 그랬나.

여느 사람이 다 똑같겠지만 그중 백종우는 유독 잠 깨우는 것을 싫어했다.

그와 더불어 또 한 가지 문제점 있었으니…….

"야…… 좀 쉬자."

"죄송합니다. 선배님."

그것은 바로 잠귀가 더럽게 밝다는 것.

백종우가 책상에 앉은 발을 내리며 하품했다.

"하아암, 너 대대장님이랑 밥 먹고 왔다면서."

"예, 그렇습니다."

"영훈이 형이 너 개념 있다고 칭찬하던데 무슨 일 있었냐?"

보통 특별한 일이 없다면 중대 간부들은 대부분 다 같이 밥을 먹는다.

회의 때를 제외하면 그때가 간부들간의 유일한 의사소통 시간이었는데 그때 이영훈이 대한의 칭찬을 한 모양.

대한은 곁에서 박희재와 이영훈의 통화를 들어 백종우가 무슨 말을 하는지 알고 있었지만 일부러 모르는 척했다.

"잘 모르겠습니다."

그에 백종우가 고개를 끄덕이며 말했다.

"그래. 안 그래도 그렇게 개념 있어 보이진 않는다고 말씀드렸다."

뭐, 이 자식아?

나참…….

어이가 없었다.

같은 소대장 주제에 감히 누가 누굴 평가한단 건지.

심지어 오래 본 것도 아니면서 왜 그따위로 말하냐고 하고 싫었지만 그냥 참았다.

여기는 군대니까.

"죄송합니다. 더 잘하겠습니다."

똥이 무서워서 피하나?

더러워서 피하지.

대한의 대답에 흡족했는지 백종우가 다시 책상에 발을 올리며 물었다.

"오후 일과 뭐 하는지 말해 봐."

"예, 오후에 대대장님 주관 동원 훈련 준비 상태 사열 이후 간부 전체 회의가 있습니다."

"어제 사격장 작업했지?"

"예, 그렇습니다."

"그럼 네가 거기 가서 서 있으면 되겠네. 대대장님 오시면 경례 확실하게 하고. 나머지는 영훈이 형이 알아서 할 거야. 대대장님 사격장 출발 전에 내가 연락할 테니까, 얼 타지 말고 제대로 해라, 알겠어?"

"예, 알겠습니다."

대대장님 사열.

사실상 훈련보다 더 중요한 것이었다.

이는 훈련을 앞두고 중대가 얼마나 열심히 했는지 지휘관이 직접 평가 하는 자리였는데, 이후에 이어지는 회의는 모두가 보는 자리에서 부족한 사람을 혼내기 위한 자리가 된다.

그러니 포인트는 얼마나 열심히 했는지가 아니었다.

열심히 한 것은 눈에 보이지 않았으니까.

중요한 건 눈에 보이는 것들이었다.

'예를 들어 마음에 드는 소대장이 자리하고 있다든지.'

어차피 욕은 먹는 놈만 먹는다.

명령을 마친 백종우는 다시 잠을 청했고 대한은 백종우를 피해 다른 곳으로 발걸음을 옮겼다.

⁂

사격장에 만들어 놓은 동원 훈련용 지뢰 훈련장.

대한이 옥지성과 함께 훈련장을 마지막으로 점검하고 있었다.

사실 점검은 이미 완벽했기에 그냥 돌아다니며 노가리 까는 시간이었다.

"지성아, 노가다는 몇 년이나 했냐?"

옥지성이 대한이 허락한 담배를 입에 물며 대답했다.

"저 한 5년 했습니다."

"나이가 몇 인데 벌써 5년이나 돼?"

"저 고등학교 자퇴하고 바로 시작한 거라 열여덟 살 때부터 일했습니다."

"그렇구만. 근데 학교는 왜 자퇴했냐? 아, 이런 거 물어봐도 되나? 좀 예민한 부분인가?"

"괜찮습니다. 자퇴가 뭐 특별한 일이라고 예민하겠습니까. 그냥 집에 돈이 없기도 했고 공부도 못 해서 일찍이 자퇴하고 노가다나 뛰었습니다."

옥지성은 아무렇지 않게 이야기했지만 대한도 힘들었던 시절이 있었기에 새삼 옥지성이 대단해 보였다.

'이런 사연이 있는 줄은 몰랐네.'

과거에는 눈앞에 닥친 일들 처리하기가 급급해 일부 병사들과 친하게 지내지 못했는데 옥지성이 그런 병사들 중 하나였다.

그래서 여유가 넘치는 이번엔 꽤 가깝게 지내볼 생각이었다.

대한이 공감한다는 표정으로 고개를 끄덕였다.

"고생 많이 했겠네."

"에이, 고생 저만 하는 것도 아니고 다른 일들이라고 안 힘들겠습니까, 할만 했습니다."

"그래도 말하는 거만 들어 봐도 참 어른스럽네. 그럼 전역하고도 계속 노가다 하려고?"

"배운 재주가 없어서 일단은 그럴까 생각 중입니다."

"그 힘든 걸? 적성에 맞나 보다?"

"에이, 그렇진 않습니다. 노가다 진짜 고됩니다. 그래서 전 오히려 군 생활을 편하게 할 수 있었던 것 같습니다."

"그 정도야? 그래도 노가다는 돈이라도 많이 주잖아."

"그렇긴 한데…… 여기는 마음이 편합니다. 소대장님은 노가다 해 보셨습니까?"

"안 해 봤지."

"그럼 하루만 가 보시면 제가 무슨 말 하는지 바로 아실 겁니다. 거기 영감쟁이들이 얼마나 까탈스러운지……."

원래는 옥지성에게 중대 부조리에 대한 이야기나 좀 들어 보려 했으나 이내 생각을 접었다.

노가다 판에서 그렇게 굴려졌으면 중대 부조리는 얼마나 귀엽게 느껴졌을까.

심지어 옥지성은 축구도 잘하고 일도 잘해서 일찍이 귀여움을 받았다고 들었다.

대한은 잠시 고민 끝에 말했다.

"지성아, 혹시 검정고시 볼 생각은 없냐?"

"검정고시…… 말씀이십니까?"

"여기선 남는 게 시간이잖아. 내가 도와줄게."

"어…… 그건 한 번도 생각 안 해 봤는데……."

"전역하고 나면 더 하기 싫을 걸? 중졸이 나쁘다는 건 아니지만 이왕이면 이것저것 해 두는 편이 좋지 않을까? 내가 과외 해줄게. 나 애들 잘 가르쳐."

"어…… 한번 생각해 보겠습니다."

"어차피 버려야 될 시간이면 의미 있게 써 보자는 거지. 혹시 알아? 사실 넌 환경이 안 돼서 그렇지 공부를 엄청 잘하는 스타일일지?"

"……제가 말입니까?"

"응."

옥지성이 긴가민가한 표정을 짓고 있을 때였다.

백종우에게서 전화가 온 건.

"충성! 소위 김대한."

–5분 뒤 도착.

그 말을 끝으로 바로 전화를 끊어 버렸다.

참 성격 하고는.

대한이 속으로 고개를 저으며 옥지성에게 말했다.

"슬슬 준비하자. 곧 대대장님 도착하신단다."

"예, 소대장님."

"근데 검정고시는 진짜 한번 생각해 봐. 검정고시 합격하면 휴가증도 나오니까."

"정말입니까?"

"그럼."

휴가증이라는 말에 옥지성의 눈빛에 생기가 돌기 시작했다.

⁂

단의 흡연장 앞.

박희재가 다른 교육장들을 둘러본 뒤 사격장으로 향하고 있었다.

그때, 흡연장에서 누군가 박희재를 불렀다.

"대대장, 어디 가는 길인가?"

주둔지에서 박희재를 저렇게 부를 수 있는 인물은 딱 1명.

바로 단장인 이원영이었다.

이원영을 발견한 박희재가 즉각 경례를 올렸다.

"충성. 동원 훈련 준비 상태 점검 중이었습니다."

"밑에 애들이 어련히 잘했을 텐데 뭘 그런 걸 검사하러 다니고 그러나? 말년이라 시간이 넉넉한가 봐?"

이원영이 담배를 피우며 놀리듯이 말하자 이에 질세라 박희재도 맞받아쳤다.

"하하, 단장님이 야전에 많이 안 계셔 봐서 잘 모르시나 본데 검사는 혼내는 것에 목적을 두는 시간이 아닙니다. 군을 이끌어 갈 후배들에게 선배들의 노하우를 알려 주는 시간이지요."

"그 노하우가 너무 오래된 스타일이라면 오히려 안 하느니만 못 할 것 같은데……."

박희재가 받아침과 동시에 이원영도 절대 지지 않겠다는 듯 반격을 개시했다.

덕분에 쫓아다니던 간부들만 죽을 맛이었다.

특히 이영훈이 그랬다.

다음 차례가 본인의 중대가 맡은 사격장인데 이대로 가면 없던 트집도 생길 것 같아서였다.

하지만 박희재는 이미 이원영의 도발에 흥분한 상태.

"그렇게 후배들을 위하신다면 후배들이 진급할 수 있게 자리나 비켜 주시고 그런 말씀을 하시는 게 맞지 않겠습니까? 어째 어제 축구 때부터 쭉 말씀에 날이 서 계신 것 같습니다?"

아.

반격이 과했다.

덕분에 이원영도 제동이 풀렸다.

"하하, 그럴 리가 있겠나. 대대장은 아는지 모르겠지만, 모든 사람은 무능해지는 순간까지 진급한다더군."

"지금 제가 무능하다는 겁니까?"

"그렇게 들렸나? 중령이면 충분히 군인으로서 성공한 것 아니겠나. 유능하다고 한 이야기일세."

결국 이원영이 박희재의 역린을 건드려 버리자 사태의 심각성을 느낀 이영훈이 황급히 수습에 나섰다.

"저…… 대대장님? 시간이 빠듯해서 사격장에 바로 올라가셔야 할 것 같습니다. 아직 돌아볼 곳이 많이 남았습니다."

"후…… 그래 1중대장, 내가 정신이 다른 곳에 팔려 있었네. 얼른 가지."

다행히 박희재는 금방 정신을 차렸고 이원영에게 대충 경례를 한 뒤 사격장으로 향했다.

하지만 이원영은 끈질겼다.

박희재의 도망에 재미를 느낀 이원영이 얼른 담배를 끄고서 박희재를 따라나서기 시작한 것.

"대대장! 동원 훈련이면 단도 같이하는데 대대가 어떻게 준비하는지 같이 보세."

그 말에 박희재가 눈빛으로 욕하더니 힘겹게 대답을 뱉었다.

"……예, 궁금하면 같이 가시지요."

박희재가 대답하면서 이원영을 째려 봤지만 이원영은 못 본 척 싱글벙글 웃으며 무리의 중심에 섰다.

그에 정작과장도 졸지에 이원영 옆에 따라 붙게 되었고, 일순 이영훈과 정작과장의 시선이 교차했다.

'고생 많으십니다.'

'그쪽도요.'

눈으로 서로를 위로하는 두 사람이었다.

✻

그 시각 사격장.

옥지성은 은엄폐를 실시한 뒤 사격장 입구를 지켜보고 있었다.

대한은 베레모를 고쳐 쓰며 마지막으로 복장 점검을 마쳤고, 그 순간 옥지성이 황급히 보고를 올렸다.

"소대장님, 대대장님 오십니다."

"오케이, 이제 너도 이리 와."

"예, 알겠습니…… 이, 소대장님?"

"왜?"

"좀…… 많습니다?"

"많다니, 그게 무슨 소리야?"

옥지성이 미간을 찌푸리며 집중하자 대나무꽃 2개 옆을 따라오며 웃고 있는 대나무꽃 3개가 보였다.

도합 대나무꽃 5개.

다가오는 꽃밭에 옥지성이 사색이 되어 말했다.

"다, 단장님도 오셨습니다."

"단장님이? ……왜?"

대대 자체 사열 아니었나?

그리고 단장은 이런 사열 자체를 안 하는 사람으로 기억하는데?

대한은 급히 기억을 더듬어 상황 파악하는 데 애를 썼지만 이내 그만두었다.

그래 봤자 바뀌는 건 아무것도 없었으니까.

'그냥 묻는 말에 대답만 잘하면 된다. 대대 사열은 변명만 안 하면 그냥 통과였던 것으로 기억하니까.'

이런 돌발 상황을 한두 번 겪었을까.

그래 돌발 상황과 변수가 없으면 군대가 아니지.

잠시 후, 이원영이 대한의 시야에 들어왔고 대한은 사격장이 떠나갈 정도로 크게 경례를 올렸다.

"추엉서엉!"

"충성."

대한을 알아본 이원영이 싱글싱글 웃으며 가볍게 경례를 받아 주었다.

"오, 그래. 김 소위가 여기 사열 받나?"

"예, 그렇습니다!"

"대대장, 이게 맞아?"

맞다니?

뭐가 맞다는 거지?

순간 대한은 둘 사이에 흐르는 미묘한 기류와 이상하게 흐르고 있는 분위기를 본능적으로 감지했다.

"뭐가 말씀이십니까?"

그리고 아니나 다를까, 박희재가 퉁명스레 대답하는 것을 보고 대한은 확신했다.

둘 사이에 뭐가 있긴 있다는 걸.

이원영이 말했다.

"아니, 상황이 그렇잖은가. 어제 막 전입 온 소대장이 사열 받을 준비가 되어 있다는 건 너무 보여 주기식 사열이 아닌가 해서 말이야."

아.

이 양반들, 또 쓸데없는 걸로 기 싸움 하고 있네.

안 봐도 뻔했다.

두 사람의 이러한 전적은 한두 번이 아니었으니까.

더불어 이영훈과 백종우가 새하얗게 질린 얼굴들로 대한에게 무언의 신호를 보내는 것을 보고 대한은 특단의 결정을 내릴 수 있었다.

대한이 큰 목소리로 말했다.

"할 수 있습니다!"

Chapter 4

쩌렁쩌렁한 목소리.

그 말에 이원영과 박희재가 동시에 대한을 쳐다보았다.

이원영이 말했다.

"김 소위, 자네가 정말 할 수 있다고? 이제 이틀 차인 자네가?"

"예, 그렇습니다!"

이원영은 끝끝내 못 믿겠다는 표정을 지었지만 대한 역시 계속해서 강한 자신감을 내비쳤다.

오히려 대한을 믿지 못하는 건 박희재와 이영훈, 그리고 백종우였다.

특히 이영훈과 백종우는 사색이 되어 눈을 질끈 감았다.

'X됐다, 시발…….'

'하, 저 새끼는 왜 또…….'

박희재는 두 사람의 표정을 보고 미간을 찌푸렸다.

하나 두 사람의 표정을 본 건 이원영도 마찬가지였다.

그렇기에 이원영의 입가에는 더할 나위 없이 깊은 미소가 드리웠다.

"그래. 그럼 한번 해 봐."

좋은 기회였다.

동기인 박희재를 합법적으로 골려먹을 수 있는.

그에 대한이 목청껏 소리쳤다.

"그럼 지금부터 동원 훈련 간 지뢰 훈련장에 대한 브리핑을 시작하겠습니다!"

그 말에 박희재 또한 눈을 감았다.

이건 축구도 아니었고 패기만 넘친다고 할 수 있는 게 아니었으니까.

그리고 대한의 말이 이어졌다.

"먼저 예비군들의 비전투 손실을 막기 위해 휴식 시설을 추가 보완하였습니다. 보완 방식으로는 판자를 이용해 편히 앉을 공간을 만들었고……."

그때였다.

대한을 지켜보던 간부들의 표정이 시시각각으로 변하기 시작한 건.

특히 박희재와 이영훈, 백종우가 그랬다.

대한은 아랑곳 않고 말을 이어 나갔다.

"다음으로는 지뢰 매설 훈련과 지뢰 탐지 훈련을 동시 진행하여 훈련 속도를 향상시킬 수 있도록 교육 장소를 확실히 분리하였습니다! 분리 방식으로는 교육장에 매설되어 있던 돌들을 이용하였으며……."

어제 병사들을 시켜 훈련장을 둘로 나누어 놓았다.

딱 보기에도 자연스러운 훈련장의 모습에 지켜보던 간부들 또한 무의식적으로 고개를 끄덕였다.

"……그로 인해 기존에 진행하던 매설과 지뢰 탐지를 순차적으로 진행하던 방식보다 훨씬 더 효율적인 훈련이 될 것으로 예측되며, 1개 조로 훈련하던 방식을 2개 조 훈련으로 진행할 수 있도록 준비하였습니다!"

브리핑이 이어질수록 브리핑을 듣던 간부들은 자기들도 모르게 감탄했다.

이제 이틀 차밖에 되지 않은 신임 소위의 매끄러운 보고 솜씨에 감탄한 간부들이 있는가 하면 대한이 올린 보고 내용 자체에 감탄한 간부들도 있었기 때문이다.

그도 그럴 게 대한이 지금 올린 보고들은 모두 다 기존의 방식이 아닌 새롭게 개량된 방식들이었기 때문.

그러나 그 누구도 대한의 개량된 방식에 문제를 제기하지 않았다.

당연했다.

사실 현재 대한이 개량한 것들은 여기 있는 모두가 한 번쯤은 생각해 봤던 것이니까.

하지만 이제껏 그 누구도 그러지 않았던 건 단순한 이유에서였다.

'귀찮으니까.'

물론 귀찮음과 더불어 혹시라도 자기가 손댔다가 안전사고라도 나면 군대 특성상 시공자가 그대로 책임을 져야 하기에.

그래서 전통과 관례라는 이름하에 더더욱 원형 그대로를 유지하는 것이다.

'사실 말이 유지고 방치와 다를 바 없지만.'

그렇기 때문에 모두들 놀랄 수밖에 없는 것이다.

다른 사람도 아니고 '신임 소위'가 저 귀찮은 일을 용감하게, 그리고 훌륭하게 해냈기에.

대한의 보고가 이어졌다.

"……현재 교보재는 준비되어 있지 않지만 다음 주 동원 첫날, 예비군들이 물자를 수령할 때 창고에서 수령해 올 예정입니다. 교보재의 종류로는 우선 M14 대인지뢰……."

"자, 잠깐. 잠깐만."

멍하니 대한의 보고를 듣던 이원영은 황급히 정신을 차리고 대한의 말을 중지시켰다.

"이것들 누가 지시한 건가?"

대한은 이원영의 말에 일말의 망설임도 없이 대답했다.
"1중대장이 지시한 사항입니다!"
"1중대장? 이영훈이?"
이원영의 혼잣말에 이영훈이 얼른 바통을 넘겨받았다.
"대위 이영훈!"
앞으로 나온 이영훈에게 이원영이 미간을 찌푸리면서 질문했다.
"이거, 단에 올라온 계획과는 다른 것 같은데 갑자기 이렇게 바꾼 이유가 뭔가?"
그 물음에 이영훈이 숨도 쉬지 않고 즉각 대답했다.
"최종 계획 보고와 다른 이유는 작업 간 보완 사항을 찾았기 때문입니다! 보완 사항으로는 김 소위가 브리핑한 내용들이었으며, 대대장의 훈련 전 교육을 듣고 고민한 결과 떠올라 급히 보완해 보았습니다. 미리 보고드리지 못한 점 죄송합니다!"
이영훈의 대답에 이원영은 순간 말문이 막혔고 박희재의 입꼬리는 살살 올라가기 시작했다.
완벽하게 역전된 상황.
이제는 자신이 나서 줘야 할 때였다.
박희재가 말했다.
"흠흠, 단장님?"
"……그래, 대대장."
"군 선배의 조언이야말로 고여 있는 군대를 흘러가게 하는 원동력이 아니겠습니까."

"……충분히 일리 있는 말이네."

"그리고 1중대장이 일부러 보고를 안 하려던 것도 아닙니다. 오늘 사열 간 점검 뒤에 제가 따로 보고드리려 했던 터라, 미리 보고드리지 못한 건 죄송합니다."

자연스러웠다.

마치 처음부터 정말 그런 계획이었던 것처럼.

이 모든 건 대한이 그들의 순발력과 연기를 믿었기에 가능했던 일.

도박은 할 만 했다.

'아무리 단장이고 동기라지만 대대 입장에서 상급 부대는 적이니까.'

같은 병과, 같은 부대지만 확실한 편이 나뉘어 있는 곳.

그곳이 바로 대한이 근무하고 있는 부대였다.

'덕분에 사열은 빨리 끝나겠네.'

보아 하니 대대장 골탕 먹이겠다고 단장이 갑자기 사열에 낀 것 같은데 대한 덕분에 단장에게 제대로 한 방 먹이게 됐으니 남은 사열은 설렁설렁하다 못 해 그냥 프리 패스 시킬 터.

한편.

이원영은 싱글벙글 웃는 박희재의 눈을 애써 피한 채 찌푸린 눈으로 대한을 빤히 보았다.

'저놈 뭐야 대체?'

저게 진짜 신입 소위라고?

아무리 봐도 신입 소위가 할 수 있는 대처가 아니었는데?

하지만 대한은 해냈고 그래서 더더욱 입 안이 썼다.

'간만에 쓸 만한 놈이 들어온 것 같아 다행이긴 한데, 하필이면 대대로 가다니…….'

아쉬웠다.

동시에 심통이 났다.

나이가 들면 유치해진다고, 박희재와 똑같이 한창 유치할 나이였다.

그러니 공사 구분도 못하고 서로 티격태격하는 것.

이원영이 속으로 이를 갈며 생각했다.

'……이대로 물 먹을 내가 아니지, 브리핑만큼 훈련도 잘 통제하는지 한번 지켜봐야겠어.'

그러나 지금은 인정해야 할 때.

잠시 후, 이원영이 만족한다는 듯 고개를 끄덕이며 말했다.

"보고야 시작 전에만 하면 상관없는 것 아니겠나. 이런 보완이라면 언제든 환영이지. 그런 의미에서 다른 사열은 더 볼 필요도 없겠네."

그러자 박희재가 은근하게 웃으며 말했다.

"예, 제가 이따가 따로 보고드릴 테니 이제 그만 내려가 계셔도 될 것 같습니다."

"어, 그래, 고생하게."

"예, 충성!"

"충성."

그 말을 끝으로 이원영과 단의 간부들이 썰물 빠지듯 훈련장에서 사라졌다.

이윽고 이원영이 완전히 사라진 걸 확인하자 이영훈은 기다렸다는 듯이 대한에게 성큼성큼 다가가.

와락!

뜨겁게 대한을 끌어안았다.

"야, 대한아!"

"소위 김대한!"

"이 자식, 이 와중에 관등성명은……! 너 이 새끼, 오늘 뭐 먹고 싶냐? 중대장이 뭐든 사 줄게!"

그 모습을 박희재를 비롯한 대대 간부들 모두가 흐뭇하게 바라보았고 특히나 가장 만족했던 박희재가 두 사람에게 다가와 말했다.

"1중대장."

"예, 대대장님!"

"일과 끝나기 전에 내 방으로 와라. 듣자 하니 아직 회식 전이라지? 회식이랑은 별개로 내가 쏠 테니까 내 카드 받아 가라."

"가, 감사합니다!"

거절 따윈 없었다.

나중에 거절하더라도 지금은 거절하면 안 된다는 걸 모두가 알았으니까.

이어서 박희재가 대한을 흐뭇하게 바라보며 말했다.

"김대한 소대장."

"소위 김대한!"

"간만에 마음에 드는 후배가 들어온 것 같아 대대장이 아주 기분이 좋다."

"감사합니다! 앞으로 더 열심히 하겠습니다!"

대한은 목청이 터져라 대답했고 박희재는 흐뭇함에 어깨를 두어 번 토닥여 주었다.

그리고 몸을 돌려 간부들에게 말했다.

"이제 이틀 된 소위도 이 정도인데 다른 곳은 볼 필요도 없겠군. 오늘 사열은 여기서 마무리하고 뒤에 있을 회의도 생략한다. 이상. 퇴근 준비하자."

"예, 알겠습니다!"

회의까지 생략하겠다는 말에 간부들이 일제히 큰 목소리로 대답했고 박희재를 비롯한 모든 간부들이 훈련장을 떠나자, 뒤에서 멀뚱히 서 있던 옥지성이 그제야 대한에게 와서 말했다.

"소대장님, 혹시 육사 나오셨습니까?"

"응? 아니, 학군단 출신인데?"

"아부하는 게 아니라 제가 여태 들은 사열 보고 중에 제일 멋있었습니다."

"에이, 이 정도는 너도 간부로 왔으면 충분히 했을 거야. 됐고, 일도 잘 풀렸는데 소대 애들 모아서 피엑스 회식이나 하자. 내가 쏠게. 내려가면 애들 모아서 간부 연구실로 와."

"지금 말씀이십니까?"

"응, 대대장님이 일과 끝내주셨잖아. 중대장님한테는 내가 말할 테니까 애들이나 모아 와."

"와…… 알겠습니다."

그날, 옥지성은 사람이 빛나 보일 수도 있다는 걸 알았다.

1중대 간부 연구실.

사격장에서 복귀한 대한이 문을 열고 들어가자 백종우가 기다렸다는 듯 말을 걸어왔다.

"왔냐?"

"소위 김대한!"

"긴장하지 말고 새꺄, 그건 그렇고 브리핑은 언제 준비했냐? 아깐 간 떨어지는 줄 알았다."

"따로 준비하지는 않았습니다. 그냥 공병학교에서 교관님이 조언해 주셨던 것들이 생각나 그대로 답변했습니다."

"……공병학교에서 그런 걸 가르쳐 준다고?"

가르쳐 주긴 개뿔이나.

다 짬에서 나오는 바이브지.

하나 중요한 건 백종우를 납득시키는 것이기에 대충 둘러댔다.

"전입과 동시에 동원 훈련 받을 걸 알아서 교관님께 미리 여쭤봤습니다."

"음…… 그래?"

그래?

그게 끝이었다.

저런 칭찬에 인색한 놈 같으니.

하지만 백종우가 원래 어떤 사람인지 알기에 별로 실망하지도 않았다.

어차피 백종우에게 칭찬이나 듣자고 그런 일을 벌인 건 아니었으니까.

그때, 대대장에게서 카드를 받아 온 이영훈이 간부 연구실 문을 박차고 등장했다.

"대한아, 뭐 먹고 싶냐! 카드 받아 왔다!"

세상에.

말뿐인 줄 알았더니, 진짜 주는 거였어?

이영훈의 호들갑에 대한도 비장한 목소리로 말했다.

"한도가 어떻게 됩니까?"

"간부 1명당 10만 원 밑으로 긁으면 월요일 날 바로 징계위 여실 거라더라."

"중대 간부 숫자가…… 그럼 최소 50만 원 이상 먹어야 되는 겁니까?"

중대 간부가 5명인데 인당 10만 원 이상이라니, 박희재 이 양반 원래 이렇게 통이 컸던가?

대한의 말에 이영훈이 흥분하며 대답했다.

"그래! 심지어 카드 받을 때 칭찬도 받았다! 대한아, 네가 진짜 복덩이다! 이 부대 와서 군 생활 꼬이는 줄로만 알았는데 네 덕분에 편하게 군 생활하겠다고 인마!"

"하하, 다행입니다. 중대장님. 그럼 이번 기회에 한우 어떠십니까, 오십이면 다섯이서 넉넉하게 한우 먹을 수 있을 것 같습니다. 식당은 제가 알아보고 금방 보고드리겠습니다."

"한우! 크흐흐, 씨발 안 그래도 친구 놈 하나가 횡성 가서 한우 먹는 거 페북에 올려서 부러웠었는데, 좋아! 그 계획 그대로 진행시켜!"

"옙! 알겠습니다!"

대한이 과장된 몸짓으로 경례를 올리자 이영훈도 장단에 맞춰 경례를 받아 주었고 이영훈이 나가자마자 즉각 맛집 검색을 시작했다.

그러자 그 모습을 지켜보던 백종우가 말했다.

"야."

"소위 김대한!"

"맛집은 내가 찾을 테니까, 넌 소대 회식이나 시켜 주고 와."

"예? 잘 못 들었습니다?"

"아까 옥지성이 뛰어다니면서 1소대 애들 모으길래 물어봤다. 네가 소대 애들 회식시켜 주기로 했다며? 그리고 이 근방 맛집은 너보단 내가 더 잘 알 거 아냐, 괜히 너한테 맡겼다가 맛없는데서 먹기 싫다."

"아…… 예, 알겠습니다. 선배님."

이 양반이 왜 이러지?

그새 뭘 잘못 처먹었나?

분명 배려인 것 같긴 한데…….

대한은 처음 겪어 보는 백종우의 애정 표현에 자꾸만 고개가 모로 기울어졌다.

✻

회식이 있고 다음 날, 대한은 부대에서 첫 주말을 맞이하게 되었다.

대한이 기지개를 켜며 중얼거렸다.

"으그극, 역시 젊은 게 좋은 거여. 숙취 하나 없는 거 봐라."

어제 꽤 마신 것 같은데 그런데도 이리 가뿐한 몸이라니.

역시 억만금을 줘도 돌아가고 싶은 게 청춘이라더니 확실히 젊은 게 좋긴 좋다.

하지만 젊은 것과는 별개로…….

'집 가고 싶다.'

집에 가고 싶은 마음은 늙으나 젊으나 매한가지.

사실 병사가 아닌 간부였기에 대구에 있는 집에 갈 수도 있긴 했지만 아직은 눈치를 볼 때.

'뭐, 사실 지금 분위기로는 집에 갔다 와도 될 것 같기는 한데…….'

어제 일을 계기로 대한은 중대…… 아니, 어쩌면 대대의 모든 소위들 중 에이스로 각인되었을지도 모른다.

하지만 벼는 익을수록 고개를 숙인다고 굳이 쌓아 놓은 점수를 깎을 필요는 없는 법.

일찍 일어난 대한은 가볍게 아침밥이나 챙겨 먹을 요량으로 빠르게 세면과 환복을 거쳐 숙소를 나섰다.

식당으로 향하며 대한은 생각했다.

'그나저나 이젠 쉴 때마다 뭘 해야 되지?'

장기 복무는 절대 안 하기로 마음먹었고 복권 덕분에 경제적 자유까지 얻었다.

학교를 졸업하고 임관한 거니 굳이 할 만한 걸 꼽아 보자면 취업과 연애 정도인데 애석하게도 대한은 둘 다 관심이 없었다.

'취업은 절대 안 할 거고…… 연애 세포는 진작에 말라비틀어졌고.'

먹고 살기도 바쁜 과거였다.

덕분에 오랜 세월을 절식남으로 살았는데 연애가 하고 싶다고 하루아침에 그게 될까?

'우선은…… 취미부터 좀 찾아봐야겠군.'

정확히는 흥미가 가는 것들 정도?

물론 회귀자로서 코인이나 주식, 부동산 투자를 생각 안 해 본 건 아니었다.

하지만 평생을 써도 다 못 쓸 것 같은 돈을 한 큐에 번 상황에 또 돈에 눈이 멀어 벌써부터 급급하게 살고 싶진 않았다.

대한은 지금도 충분히 행복했으니까.

'누가 들으면 배부른 소리라고 하겠지.'

하지만 행복과 불행은 비교에서 온다고, 인생 2회차인 만큼 이번 생은 절대로 여유 있게 살리라 마음먹었다.

'그나저나 오늘 아침이 뭐였더라?'

어제 한우를 먹긴 했지만 그렇다고 오늘 굶을 수는 없는 일.

대한의 발걸음이 병영식당과 가까워져 간다.

⁂

병영식당에 도착한 대한은 뒷문으로 향했다.

아직 식사 때가 아니라 정문이 닫혀 있었기 때문이다.

취사장 뒤편으로 향하자 강렬한 기름 냄새가 대한의 코끝을 스쳤다.

밖에서 취사병이 뭘 튀기고 있었다.

그 모습에 대한이 가서 알은체를 했다.

"뭐 튀기고 있냐?"

"엇, 충성! 1소대장님 오셨습니까."

"네가 찬영이지?"

"예, 그렇습니다."

전찬영 일병.

1중대 본부소대 소속이며 보직은 취사병으로 대한은 이미 알고 있었지만 일부러 모르는 척 이름을 확인했다.

그래서일까?

부임된 지 얼마 안 된 신임 소대장이 자신의 이름을 알고 있다는 사실에 기분이 괜찮아졌는지 전찬영이 넉살 좋게 웃으며 대화를 이어 나갔다.

"식사하러 오신 겁니까?"

"아직 식당문도 안 열렸는데 밥은 무슨, 그냥 산책 겸해서 놀러 왔어."

"시간 상관없이 아침 원하시면 제가 라면 끓여 드릴 수 있습니다. 어떻게, 라면이라도 끓여 드립니까? 저 라면 꽤 잘 끓입니다."

역시 전찬영이다.

취사병 중 에이스로 불리는 전찬영은 호텔조리학과 출신답게 모든 행동들이 싹싹했다.

하지만 대한은 튀김기 앞에서 고생하는 전찬영을 별로 고생시키고 싶지 않았다.

물론 그 이유와 더불어…….

'소위 주제에 벌써부터 라면 받아먹으면 건방지다고 눈총 받지.'

대한이 고개를 저으며 말했다.

"아냐, 괜찮아. 벌써부터 취사병 시켜먹는다고 괜히 한 소리 들을라."

"아휴, 아닙니다. 전 그런 생각 조금도 한 적 없습니다."

"너 말고 다른 사람들의 생각이 중요한 거야. 난 진짜 괜찮아."

"그럼 지금 튀기고 있는 치킨 너겟이라도 좀 드시겠습니까? 튀김은 막 튀긴 게 제일 맛있습니다."

"케첩 있냐?"

"당연히 있습니다."

그 말에 전찬영이 후다닥 뛰어가 케첩을 받아 왔다.

바삭-.

"음."

"괜찮으십니까?"

"역시 튀김은 신발을 튀겨 먹어도 맛있어."

"제가 튀겨서 더 맛있는 걸 수도 있습니다."

"네가 튀기면 다 맛있어지냐?"

"아휴, 당연히 그렇지 않겠습니까?"

"그럼 조기 튀김도?"

"아잇, 그건 좀."

"그렇지. 고든 램지 할애비가 와도 어쩔 수 없지. 그나저나 이 많은 걸 혼자 다 튀겨?"

"예, 이런 건 보통 혼자 합니다."

"기름 앞이 제일 뜨거운데 이런 건 교대로 좀 하지. 너무들 하네."

"아닙니다. 이런 건 오히려 제가 해야 마음 편합니다."

"왜, 다른 애들은 못 미더워?"

"아니 뭐…… 그냥 그렇습니다."

"에이, 그냥이 그 그냥이 아닌 것 같은데?"

"하하…… 그냥 아직은 좀 그렇습니다."

"네가 맨날 애들 갈궈서 그런 건 아니고?"

"에이, 저 일병입니다. 일병이 어떻게 애들을 갈굽니까."

"그것도 그렇지. 그나저나 이거 끝나고 밥 먼저 먹지?"

"예, 병력들 오기 전에 먼저 먹거나 아님 끝나고 따로 먹습니다."

"그럼 같이 먹을까?"

"저는 좋습니다. 그럼 더운데 안에서 5분만 기다려 주시겠습니까? 전 5분이면 끝납니다."

"그래, 알겠어."

대한이 식당 안에 들어가자 분주하게 움직이던 병사들이 대한을 보자마자 하던 일들을 멈추고 일제히 경례를 올렸다.

대한은 빠르게 경례를 받아 준 후 그들의 방해가 되지 않게 조용히 에어컨 밑에 가서 앉았다.

그러자 얼마 뒤, 튀김을 마무리 지은 전찬영이 부식으로 나온 오렌지 주스를 가지고 와 대한의 맞은편에 앉았다.

“소대장님, 음료수 하나 드십쇼.”

“땡큐. 근데 너 여기서 이렇게 쉬어도 되는 거야?”

“그게 무슨 말씀이십니까?”

“이렇게 앉아 있으면 선임들이 뭐라고 안 해? 아니면 네가 여기서 왕고야?”

“아, 난 또 무슨 말씀하신다고. 선임들이야 있긴 한데 각자 맡은 것만 하면 상관없습니다. 그리고 제가 제일 힘든 걸 했는데 누가 저한테 뭐라고 하겠습니까.”

“하긴 땡볕에 튀김 하는 게 제일 고되긴 하지. 아이스크림이라도 사 줘?”

“말씀은 감사하지만 저 취사병입니다. 먹을 거 안 사 주셔도 됩니다.”

“그것도 그렇지. 그럼 담배?”

“에이, 저 이래 보여도 나름 요리사에 대한 자부심이 있어서 담배 안 피웁니다.”

“그래? 그럼 뭘 해 줘야 우리 찬영이가 좋아할까?”

잇따른 권유에 전찬영이 조심스럽게 미소 지으며 말했다.

“그럼…… 나중에 소대장님만 괜찮으시면 행보관님한테 제

칭찬만 좀 살짝 부탁드려도 되겠습니까?"

"아아, 그러고 보니 본부소대는 소대장 대신 행보관님이 계시지?"

"예, 그렇습니다."

"그게 뭐 어렵다고. 알았어. 내가 행보관님 볼 때마다 네 칭찬해 줄게."

"감사합니다!"

대한의 시원한 대답에 전찬영도 그제야 활짝 웃었다.

'그나저나 찬영이가 이렇게 싹싹했던가? 내 기억에 딱히 사고 쳤던 적도 없는 것 같고. 볼수록 괜찮네.'

호감이 생기면 궁금해지는 게 많아지는 법.

대한이 물었다.

"그나저나 찬영이는 전역하면 뭐 할 거야? 꿈은 있어?"

"예! 전 돈 모아서 제 가게를 차릴 겁니다."

"어떤 가게?"

"소대장님 혹시 파인 다이닝이라고 아십니까?"

"레스토랑에서 나오는 코스 요리, 그거?"

"꼭 코스 요리가 파인 다이닝인 건 아니지만 비슷하긴 합니다. 전 나중에 서울에 가서 제 이름을 건 파인 다이닝을 차리고 싶습니다."

"그래?"

파인 다이닝이라.

생각해 보면 살면서 파인 다이닝이나 오마카세 같은 고급 식당은 한 번도 가 본 적이 없다.

그래서인지 벌써부터 꿈을 가지고 있는 전찬영이 대단하게 느껴졌다.

"멋있다. 벌써부터 확실한 꿈도 가지고 있고."

"에이 별거 아닙니다. 그럼 소대장님은 어떻게…… 장기이십니까, 아님 전역이십니까?"

"당연히 전역이지. 장기 같은 건 함부로 하는 게 아냐."

"에이. 그래도 별 달아 준다고 하면 하실 거잖습니까."

"아우, 난 안 할 거야. 난 군대 체질이 아니거든."

"그럼 어떤 체질이십니까?"

"글쎄, 찾아봐야지. 그래서 말인데 요리는 좀 어때? 내가 요리를 가볍게 보거나 무시하는 게 아니라 진짜 궁금해서 물어보는 거야. 난 요리 별로 못 하거든."

"요리사도 극한 직업입니다. 아마 애정이 없었으면 저도 거들떠도 안 봤을 겁니다."

"그래서 취사병도 일부러 지원한 거야?"

"에이, 저 호텔조리학과 나왔다고 해서 강제로 끌려온 겁니다. 원래는 운전병이나 행정병 하고 싶었습니다."

"하긴, 군대가 다 그렇지. 그래도 취사병 같은 거 하면 감도 안 무뎌지고 좋은 거 아냐?"

그 말에 전찬영이 실소를 머금었다.

“꼭 그렇지도 않습니다. 군대에서 하는 요리는 죄다 대량 조리라 별로 도움도 안 됩니다. 그냥 힘들기만 힘들지.”

“그래도 양파 썰고 이런 건 좀 도움되지 않나?”

“손만 많이 가지 지치기만 지칩니다. 그리고 요즘엔 시대가 좋아서 업체에 주문하면 양파 썰린 거부터 삶은 계란까지 다 옵니다.”

“그럼 어떤 게 도움이 되는데?”

“음…… 아무래도 1인분씩 소량으로 만들되 다양한 요리를 해 보는 게 가장 도움이 되지 않겠습니까? 근데 군대에서 그런 기회가 있겠습니까? 고작해야 간부분들 야식이나 만들어 드리는 게 전부지.”

“그래? 그럼 만약 재료도 풍성하고 기회만 다양하게 주어지면 기쁜 마음으로 만들겠네?”

“아휴, 두말하면 잔소리입니다. 맨날 대량 조리만 해서 지겹습니다.”

그 말에 대한이 씩 미소 지었다.

‘그렇단 말이지?’

그때였다.

“충성!”

별안간 배식을 준비하던 취사병들이 일제히 큰 소리로 경례를 올렸다.

누구지?

경례 대상을 확인해 보니 다름 아닌 이영훈이었다.

이영훈을 발견한 대한도 급히 자리에서 일어나 경례를 올렸다.

"충성! 중대장님, 편히 쉬셨습니까?"

"어? 대한이 네가 여긴 어쩐 일이냐?"

"저 그냥 일찍 눈 떠져서 잠시 식당 구경할 겸 놀러 왔습니다. 근데…… 설마 오늘 당직이십니까?"

"어, 죽겠다. 어제 너무 많이 마셨어. 근데 넌 어째 멀쩡해 보인다?"

"저도 힘들지만 어떻게 중대장님 앞에서 힘든 척 할 수 있겠습니까."

"이 자식 이빨은……."

대한의 대답에 이영훈이 씩 웃는다.

그나저나 세상에…….

오늘 토요일 당직인데 어제 그렇게 술을 퍼마신 거라고?

평소에 술도 잘 안 마시는 양반이 웬일이래?

대한은 그런 이영훈의 모습에 서둘러 식판을 들며 말했다.

"중대장님, 제가 식사 받아서 가겠습니다. 앉아서 쉬고 계십쇼."

"야, 어떻게 그러냐. 그건 병사들한테도 부조리라고 하지 말라고 하는 건데."

그 말에 대한이 씩 웃으며 말했다.

"전우조라고 생각하면 되시지 않겠습니까? 어떻게 힘든 전우를 못 본 체하겠습니까, 전 공병학교에서 그렇게 배우지 않았습니다."

그 말에 이영훈의 광대가 치솟았다.

"이 새끼 너…… 그럼 부탁할게, 전우야?"

"예! 금방 가져가겠습니다."

대한의 근거가 퍽 마음에 들었는지 이영훈이 앓는 소리를 내며 테이블로 먼저 향했다.

그 모습을 보며 대한이 전찬영에게 말했다.

"찬영아. 아쉽지만 밥은 따로 먹어야겠다."

"그래야 될 것 같습니다. 근데 어제 소대장님도 같이 한잔하셨습니까?"

"간부들끼리 좀 마셨어. 근데 오늘 국 뭐냐?"

"오늘 국 별론데…… 소대장님, 제가 계란 후라이 해 가겠습니다. 중대장님은 계란 후라이 좋아하십니다."

"그래? 찬영이 너 이 자식……."

"전우가 힘들 땐 돕는 거라고 아까 배웠습니다."

"그치? 그럼 부탁할게 전우야?"

"옙, 소대장님!"

역시 찬영이다.

아무래도 찬영이와는 잘 지낼 수 있을 것 같은 생각이 든다.

⁂

얼마 뒤, 대한이 이영훈의 식사를 받아 오자 이영훈이 기다렸다는 듯이 수저를 들어 국물부터 떠먹었다.

"으어…… 좋다."

동시에 묵직하고 시원한 탄성을 내뱉었다.

그 모습을 지켜보던 대한이 씩 웃으며 말했다.

"중대장님, 혹시 어제 일들 기억하십니까?"

"어제 일? 왜 나 뭐 실수한 거 있냐?"

"실수인지는 모르겠지만 어제 대대장님께 전화하셨습니다."

"……뭐?"

그 말에 순간 이영훈의 수저가 허공에서 멈췄다.

"그, 그게 무슨 소리야? 전화라니?"

"1차 회식 끝나고 잘 먹었다고 보고드린다면서 전화하셨는데……."

그 말에 이영훈은 즉시 수저를 내려놓고 휴대폰부터 확인했다.

그리고 통화 목록을 확인한 뒤 안 그래도 하얗게 질린 얼굴이 더더욱 창백해졌다.

"지, 진짜네? 나 어제 뭐라고 했는지 기억하냐?"

그 말에 대한이 사뭇 심각한 표정을 지어 보였다.

"그게……."

"무, 뭔데? 뭔데 그렇게 뜸을 들여?"

"그냥 사랑한다고 말씀하신 것밖에 없습니다."

"……뭐?"

"그냥 취기가 좀 오르셔서 보고 후에 사랑 고백을 좀 하셨을 뿐, 따로 실수한 건 없으셨습니다. 이후에 대대장님이 스피커폰으로 바꾸라 하신 뒤 다들 조심히 들어가라고 말씀해 주셨습니다."

"야이씨…… 아후, 심장 떨어질 뻔했네. 그래도 별일 없겠지? 딴 말 없이 사랑 고백만 했다며?"

"예, 그렇습니다. 대대장님도 좋아하셨을 겁니다."

"어휴, 술이 확 깨네. 그나저나 우리 어제 몇 시에 들어왔냐?"

"119 절주 운동에 맞춰서 들어오려고 했으나…… 중대장님이 직접 대대장님께 허락 받으시고 모두 10시에 들어왔습니다."

119 절주 운동.

이는 1가지 술로, 1차만 마시고, 밤 9시 전에 복귀하자는 운동으로 군대에서 음주 사고 예방 차원에서 실시하는 것이었는데 무조건 지켜야 하는 것은 아니었다.

그래도 보고 하는 입장에서 상급자에게 허락은 맡아야 하는 것.

대한의 말에 이영훈이 안도의 한숨을 내쉬었다.

"그래도 시간은 지켰네. 우리 술도 하나만 먹었잖아?"

"소맥은 한 가지 종류의 술이라고 아예 사장님께 말아 달라고 하긴 하셨습니다."

"그, 그렇지. 직접 안 말았으면 하나지."

"예, 맞습니다. 사장님이 소맥에 일가견이 있으셔서 아주 비율이 좋았습니다."

"그래, 맞아. 그래서 내가 취한 거야."

이영훈은 조용히 한숨을 내쉬고는 말을 이었다.

"그래도 1차 만에 끝냈잖아?"

"경상 빌딩 안에서 모든 걸 끝내긴 했습니다."

"으, 응? 그게 무슨 소리야?"

"1층의 고깃집, 2층의 호프집, 지하 노래방 순서로 한 빌딩에서 모든 걸 해결했습니다."

"……그렇군, 근데 넌 술이 센가 보다? 3차까지 갔는데 필름도 안 끊기고 멀쩡한 걸 보면?"

"중대장님을 모셔야 하는데 어찌 취할 수가 있겠습니까."

"이 새끼 이빨 터는 건 진짜…… 그래도 대대장님한테는 비밀이다?"

"제가 군대에서 회식하면서 119 절주 운동을 이렇게 잘 지키면서 회식할 줄은 몰랐습니다."

"하 나 이 새끼 진짜……."

민망하기는 했지만 그래도 싫진 않은지 이영훈이 실실 웃는다.

그런 이영훈을 보며 대한도 속으로 웃었다.

어제 행보관을 붙잡고 고성방가를 지르던 이영훈의 모습이 떠올랐기 때문이다.

그때, 전찬영이 접시 가득 계란 후라이를 들고 두 사람 앞에 나타났다.

"소대장님, 계란 후라이 해 왔습니다."

갑작스러운 계란 후라이의 등장에 이영훈의 눈이 휘둥그레 커졌다.

"갑자기 웬 후라이? 아니 근데 이게 몇 개야?"

대한의 몫까지 무려 8개나 구워 왔다.

그 말에 전찬영이 한 박자 빠르게 대답했다.

"소대장님이 부탁하셨습니다, 중대장님 숙취로 고생하시는데 뭐 없냐고 하셔서."

그 말에 이영훈이 다시 한번 감동한 표정을 지었다.

대한도 마찬가지였다.

'찬영이 너 이 자식……!'

감동한 대한이 책상 밑으로 조용히 엄지를 들자 전찬영이 씩 웃어 보인다.

그사이, 계란 후라이 하나를 입에 넣은 이영훈이 미간을 좁히며 감탄했다.

"크으, 반숙 기가 막힌다. 이렇게 노른자 살린 걸 영어로 뭐라고 하더라? 수어 사이드 업?"

"써니 사이드 업입니다."

"아, 그렇지 그렇지. 찬영아 고생했다. 잘 먹을게."

이영훈의 칭찬에 대한도 타이밍을 놓치지 않고 뒷말을 덧붙였다.

"찬영이가 일을 참 잘하는 것 같습니다. 아까 일찍 와서 보니까 혼자서 땡볕에 너겟 튀기고 있던데, 너겟뿐만이 아니라 후라이도 참 잘하는 것 같습니다."

"그럼. 우리 찬영이가 요리 하나는 기가 막히지. 호텔조리과 출신인가 그럴 걸? 그치 찬영아?"

"예, 그렇습니다."

"예, 저도 아까 잠깐 이야기를 좀 나눴는데 전역하면 열심히 돈 모아서 자기 가게를 차릴 거라고 했습니다."

"그으래? 가게 좋지. 근데 가게는 어떤 가게? 중식? 양식?"

"파인 다이닝을 차리고 싶답니다."

"파인 다이닝…… 엇, 그러고 보니까 최근에 친구놈 페북에서 본 것 같다. 서울에 있는 파인 뭐 시기를 갔다고 써 놨길래 식당 이름인 줄 알았더니, 그게 식당 이름이 아니었나 보네?"

"오마카세 같은 거라고 들었습니다. 요리사가 가장 자신 있게 선보이는 요리라고. 엄청 고급 요리라고 합니다."

"이야아, 그래? 그거 엄청 나네? 그럼 우리 중대에 스타 쉐프님 나오는 건가?"

그 말에 전찬영이 쑥스럽다는 듯 얼굴을 붉혔다.

"아닙니다. 아직 그 정도 실력은 안 됩니다."

"안 되는 게 어딨어, 인마! 사람이 하고자 하면 뭐든 다 이룰 수 있는 거지. 안 그래, 1소대장?"

"저도 그렇게 생각합니다. 그럼 말이 나온 김에 중대장님이 찬영이의 첫 번째 파인 다이닝 손님이 되어 보시는 건 어떠시겠습니까?"

"내가?"

"아까 이야기를 좀 나눠 봤는데 항상 요리 연습에 대한 갈망은 있는데 고급 음식을 만들 기회가 없다면서 몹시 아쉬워했습니다."

"그으래?"

순간 이영훈의 눈이 빛났다.

전찬영은 아뿔싸 싶은 표정이었고.

그에 대한이 뒷말을 덧붙였다.

"중대장님께서 찬영이한테 동기부여만 해 주시면 열의를 불태우지 않겠습니까?"

"동기부여라…… 동기부여 좋지. 심지어 파인 다이닝급이면 노력도 어마어마할 텐데 절대 맨입으로 얻어먹을 순 없지. 뭐가 좋을까?"

"돈은 좀 그렇고 포상휴가 같은 건 어떠십니까?"

"오, 그거 괜찮은데?"

포상휴가.

그 말에 전찬영의 눈에 이채가 돌았다.

'역시.'

모든 게 예상대로였다.

하지만 대한의 계획은 여기서 끝이 아니었다.

"중대장님, 하지만 찬영이한테만 포상휴가의 기회를 주면 다른 병사들…… 특히 취사병들이 형평성에 어긋난다며 불만을 품지 않겠습니까?"

"흠, 그것도 그렇지. 그럼 어쩌면 좋을까?"

"이참에 취사병들에 한해서만 소소하게 요리 대회를 한번 열어 보시는 건 어떻겠습니까?"

"요리 대회를?"

"예, 참여 의사를 밝힌 병사들만 접수를 받고 일을 진행하면 선의의 경쟁을 펼칠 수 있을 것 같습니다. 그렇지, 찬영아?"

"예, 그렇습니다!"

대회라는 말에 찬영의 눈이 형형하게 빛났다.

만약 자신이 대회에서 우승한다면 포상휴가를 떠나 모두의 인정을 받을 수 있을 테니까.

동시에 이영훈의 눈에도 생기가 돌았다.

이런 이벤트라면 대대장도 좋아할 것이 분명했으니까.

이영훈이 고개를 끄덕이며 말했다.

"이럴 게 아니라 스케일을 좀 키워서 대대장님한테 건의해 보는 건 어떻냐? 만약 대대장님이 반려하시면 중대장 포상이라도 걸어 주마."

"그거 좋은 생각 같습니다, 중대장님."

됐다.

이영훈이라면 반드시 대대장을 끌어들일 줄 알았다.

그의 가장 큰 목적은 진급이었으니까.

이영훈의 말에 대한이 조용히 눈웃음 지었고 때마침 눈 마주친 전찬영과도 미소를 교환했다.

'심심한 대대장이 이런 이벤트를 놓칠 리가 없지. 그리고 이번 요리 대회를 기점으로 이것저것 살살 빌드업 치면 되겠어.'

모두가 윈윈 하는 전략이었다.

심심한 대대장은 재밋거리가 생겨서 좋고 중대장은 사회 친구들 안 부럽게 맛있는 거 먹을 수 있어서 좋고.

또 병사들은 사기가 오르니 좋고 대한은 이번 일을 계기로 전찬영과 막대한 친분을 쌓을 수 있으니 좋았다.

그때, 이영훈의 핸드폰이 훈훈한 분위기를 깨며 울리기 시작했다.

"충성! 대위 이영훈 전화 받았습니다."

그로부터 얼마 뒤, 전화를 받은 이영훈의 얼굴이 실시간으로 굳어지기 시작했다.

"예. 예. 예."

뭘까?

뭔데 저렇게 표정이 안 좋을까?

그때, 조용히 눈치 보고 있던 전찬영이 속삭였다.

"아무래도 귀찮은 일이 생긴 것 같습니다."

"그래 보이지? 뭘까?"

"주말이면 예상되는 게 하나 있긴 합니다만."

"뭔데?"

그 순간, 통화를 종료한 이영훈이 휴대폰을 주머니에 넣으며 인상을 구겼다.

"찬영아, 가서 도시락 통에 김치랑 밥 좀 퍼 와라."

도시락 통?

그 말에 전찬영이 되물었다.

"혹시 사모님께서 입영하셨습니까?"

"어, 그런 것 같다. 하…… 왜 꼭 내가 근무할 때만 오시는 것 같냐."

아.

사모님이 있었구나.

대한은 사모님이라는 말에 그제야 고개를 끄덕였다.

여기서 말하는 사모님은 단장의 와이프를 말하는 것이었으니까.

그때, 혹시 사모님을 모를 대한을 위해 전찬영이 센스 좋게 먼저 설명해 주었다.

"가끔 주말마다 단장님 사모님께서 관사로 오셔서 단장님과 고기를 구워 드시고 가시는데 그때마다 밥이랑 김치를 요청하십니다."

역시 그럴 줄 알았다.

그리고 이영훈이 저리 싫어하는 기색을 보이는 이유는 그 밥과 김치를 자신이 가져다줘야 하기 때문.

'그나저나 밥 셔틀에 김치 셔틀이라…… 이거, 따지고 보면 사적 지시에 군수 비리인데 간도 크시네.'

대한이 소령 진급에 들어가던 시기였다면 상상도 할 수 없는 일이었다.

그때는 이미 공관병 갑질 논란 같은 문제들이 사회에 몇 번 대두되어 하늘 같은 별도 잘못 걸리면 그냥 군복을 벗어야 했으니까.

하지만 지금은 논란은커녕 이런 일들이 당연시되던 때.

그래서일까, 대한은 마침 좋은 기회라고 생각했다.

그렇잖아도 언젠가 한 번쯤은 만났어야 할 사람이라고 생각했으니까.

대한이 말했다.

"중대장님? 혹시 중대장님만 괜찮으시면 제가 대신 밥과 김치를 가져다드려도 되겠습니까?"

"네가?"

"예, 그렇습니다. 당직도 서시는데 괜히 왔다 갔다 하시면 피곤하시지 않겠습니까? 이참에 사모님께 인사도 드리고 오겠습니다."

"……그럴래?"

“전우조 좋다는 게 뭐겠습니까?”

“넌 진짜…… 야, 대한아.”

“예, 중대장님.”

“너 진짜 장기 생각 없는 거 맞아? 너 하는 거만 보면 진짜 엘리트 그 자첸데.”

“정말 없습니다. 괜찮습니다.”

“그래? 진짜 아쉽네. 그래도 나중에 생각 바뀌면 말해라. 내가 팍팍 밀어줄 테니까.”

“예, 중대장님.”

팍팍 밀어주긴 개뿔이나.

하나 그 말을 속으로 삼킨 채 대한은 전찬영이 가져다준 밥과 김치를 들고 단장의 관사로 향했다.

‘여기가 관사구나.’

부대 주둔지에서 유일하게 담장이 있는 집.

생각해 보면 단장의 관사는 구경해 본 적이 없어 마침 좋은 기회라고 생각했다.

‘우리 단장 아저씨는 어떻게 하고 살고 있으려나?’

이윽고 계단을 올라 커다란 철문 앞에 선 대한은 조심스레 문을 두드렸고 얼마 뒤, 문이 열리며 나이가 느껴지는 여성이 보였다.

단장의 와이프였다.

처음 보는 얼굴이지만 아는 얼굴.

대한이 즉각 인사를 올렸다.

"안녕하십니까, 사모님. 여기 말씀하신 것들을 가지고 왔습니다."

"어머, 고마워요. 그나저나 처음 보는 얼굴인 것 같은데?"

"예, 이번에 전입 온 김대한 소위라고 합니다."

"아, 새로 오셨구나. 어쩐지 피부도 뽀얀 것이 젊어 보이더라. 더운데 들어와요. 시원한 음료수라도 내 드릴게요."

"감사합니다. 그럼 이건 제가 가지고 들어가겠습니다."

이영훈이 밥과 김치 심부름을 하기 싫어했던 이유가 바로 이 때문이었다.

밥과 김치를 가져다주면 필연적으로 관사에 들어가 몇십 분은 앉아 있어야 하기 때문.

'다른 사람도 아니고 단장인데 누가 좋아하겠어?'

단장이 별로라는 말이 아니다.

상사라서.

그것도 엄청 높은 계급의 상사라서 싫은 것이다.

회사원이라면 휴일에까지 상사를 보고 싶어 하는 사람은 없을 테니까.

'하물며 당직에 숙취까지 있다면 말이지.'

이윽고 대한은 편한 옷차림의 이원영과 마주할 수 있었다.

"충성!"

"음? 네가 여긴 어쩐 일이냐?"

“중대장과 아침 식사 중 전화 내용을 듣고 제가 자청해서 왔습니다!”

“그래?”

대한의 말에 이원영이 미간을 좁힌다.

누군가 했더니 저번 대대 사열 때 멋지게 브리핑해 낸 그놈이었기 때문이다.

이원영이 살짝 떨떠름한 어조로 말했다.

“……일단 앉지. 온 김에 차나 한잔 하고 가.”

“감사합니다!”

금방 마실 것들이 나왔고 이원영이 음료를 홀짝이며 탐탁찮은 목소리로 물었다.

“주말인데 어디 안 나가나?”

“예, 한동안은 소대원들과도 좀 친해질 겸 부대에서 지낼 생각입니다.”

“……그래? 내 기억에 김 소위는 군 생활에 뜻이 없다고 들었던 것 같은데 생각보다 엄청 열심인 것 같군.”

“비록 짧은 기간이지만 있는 동안이라도 열심히, 제대로 해야 한다고 생각합니다.”

그러나 이원영은 그 말을 믿지 않았다.

이유는 별것 없었다.

그저 저번 브리핑 건이 마음에 안 들어 심술이 난 것뿐.

그래서 이후에도 이것저것 면접관처럼 함정 섞인 질문들은 던졌다.

하지만 대한은 그때마다 FM대로 대답했고 그런 대답들이 이어질수록 이원영은 아쉬움을 감출 수 없었다.

'잘하니까 오히려 얄밉네. 떼잉쯧, 이런 놈이 단에 왔어야 하는 건데 괜히 축구 약력만 보고 뽑아 가지고…….'

그래서일까?

아깝다는 생각이 들수록 더더욱 심술이 솟았고 얼마간 입을 다물고 있던 이원영이 넌지시 입을 열었다.

"……볼수록 참 아까운 인재라는 생각이 드는군."

"감사합니다!"

"빈말이 아니라 진짜로 하는 말이야. 저번 브리핑 때도 그래. 아무리 교육을 잘 받았어도 소위가 어디 그리 하기가 쉽나?"

"감사합니다! 더 열심히 하겠습니다."

"그래? 정말 열심히 할 수 있어?"

"예, 그렇습니다."

"그렇단 말이지? 그럼 이참에 이번 동원 훈련 지뢰 교관도 한번 맡아서 해 볼 수 있겠나?"

"제가…… 말씀이십니까?"

"그래. 왜 자신 없나?"

"아닙니다. 할 수 있습니다."

"그치?"

대한의 대답에 이원영의 눈가가 가늘어짐과 동시에 입가에도 미소가 걸렸다.

아.

이제 알겠다.

이제 보니 저번 사열 때 대대장 한 방 못 먹인 게 꽤나 배 아팠나 보구만?

그럼 그렇지.

쪼잔한 양반 같으니라고.

하지만 상관없다.

위기를 기회로 만든다고, 그깟 교관 따위 열 번도 더 할 수 있었으니까.

대한의 대답에 이원영이 간사한 미소를 유지한 채 말했다.

"역시 시원시원하구만. 원래는 마 소위를 시킬까 했는데 보니까 자네가 더 잘할 것 같아서 기회를 주는 거야."

대한은 저 말이 빈말이 아님을 알았다.

왜냐면 이원영도 마익형과 같은 육사 출신이었으니까.

'그놈의 육사 밀어주기는 벌써부터 시작이구만.'

극성이라면 극성이었다.

그래도 이해는 됐다.

다른 보직이라면 모를까, 공병은 대령에서 끝나는 경우가 많아 일찍부터 밀어주고 당겨 준다고 들었으니.

그래도 혹시 몰라 한 번은 튕겨 보기로 했다.

"그래도 마 소위가 더 잘하지 않겠습니까? 단장님과 같은 육사 출신인데 분명 저보다 더 잘할 것입니다."

"그런 건 다 편견이야. 어디 학벌 좋다고 일머리가 더 좋던가? 게다가 저번에 축구하는 거 보니까 꼭 그럴 것 같지도 않아서 말이야."

쩝.

그것도 그렇지.

어쨌든 마익형 그 녀석만 불쌍하게 됐군. 그나저나 이런 자리 꽤나 불편한데…….

그때, 대한을 구해 준 건 다름 아닌 사모였다.

"아유! 희재 씨랑 대화하는 거 듣는 것 같네. 그냥 음료수나 마셔요."

"어허! 내가 언제 희재랑 그랬다고 그래?"

그러나 사모는 그런 이원영의 말 따윈 가볍게 무시하며 대한에게 사과했다.

"미안해요. 고생해서 여기까지 왔는데 주말에 일 이야기 해서."

"아닙니다. 그보다 음료수 잘 마셨습니다. 컵은 저쪽에 두면 되겠습니까?"

대한은 타이밍을 놓치지 않고 능숙하게 화제를 돌렸다.

이제 슬슬 이곳에 온 목적을 실행해야 했을 때니까.

"아, 그거 저 주세요. 제가 치울게요."

"아닙니다. 제가 어떻게 그럴 수가 있겠습니까. 설거지까지

하고 가겠습니다. 혹시 단장님 것도 치워도 되겠습니까?"

그 말에 이원영이 살짝 고개를 끄덕이는 것으로 고맙단 인사를 대신했고 대한은 그 길로 바로 컵을 챙겨 부엌의 싱크대로 향했다.

그러자 사모가 얼른 대한의 뒤를 따라와 한 번 더 미안함을 표현했다.

"이거 미안해서 어째요. 음식 가져다준 것도 고마운데 설거지까지 시켜서……."

"아닙니다. 제가 먹은 건데 제가 치워야 하는 게 맞죠."

"이런 아들 둔 어머니는 참 좋으시겠다. 얼굴도 잘생기고 얼마나 싹싹한지."

"안 그래도 더 잘하려고 항상 노력하고 있습니다."

"노력 안 해도 좋아하시겠는데?"

사모의 말에 대한은 조용히 미소를 지었다.

그 미소가 집에 있는 엄마를 떠올리게 했기 때문이다.

이제 슬슬 이야기를 꺼낼 때다.

대한이 짐짓 놀란 표정으로 말했다.

"음? 사모님 혹시 건강검진 언제 받으셨는지 여쭤봐도 되겠습니까?"

"건강검진? 3년 전쯤이 마지막이었던 것 같은데, 왜요?"

"제가 조금 오버하는 걸 수도 있는데 사모님 낯빛이 조금 부자연스럽게 누런 빛이 도시는데 혹시 췌장 쪽이나 소화기 쪽이 안 좋으신가 해서요. 저희 어머니가 비슷한 증세로 췌장암 판정을 받으셨거든요."

"어머, 그래요?"

췌장암이란 말에 사모가 화들짝 놀란다.

사실 얼굴에 누런 빛은 없었다.

췌장암은 초기 증세가 잘 보이지 않는 질병 중에 하나였으니까.

하지만 그럼에도 이런 말을 하는 건 그녀 또한 대한의 모친과 마찬가지로 뒤늦게 췌장암을 발견했다고 들었기 때문.

그래서 이영훈을 대신해 김치 심부름을 하겠다고 자청한 것이었다.

'공과 사는 구분해야지. 단장이 쪼잔한 건 맞지만 그렇다고 뻔히 아는 일을 모른 척 할 순 없으니까.'

대한은 췌장암이 얼마나 무서운 병인지 잘 안다.

그렇기에 결코 사모를 모른 척 할 수 없었다.

"물론 제가 염려스러운 마음에 말씀드린 거니 무시하려면 무시하셔도 좋습니다."

"아니에요. 안 그래도 올해 건강검진을 받을까 말까 고민하고 있었는데 이참에 그냥 한번 받아 봐야겠네요. 그나저나 어머님은 괜찮으시고요?"

"건강검진을 제때 받으셔서 초기에 잡을 수 있었습니다."

"아휴, 그러면 나도 더더욱 받아야겠네."

"부디 별일 없으시길 바라겠습니다."

이 정도면 됐겠지.

목표를 달성한 대한은 빠르게 컵 세척을 마친 뒤 이원영에게 다가가 경례를 올렸다.

"그럼 저는 이만 가 보겠습니다. 편안한 주말 보내시길 바랍니다. 충성!"

"어, 충성. 김 소위도 주말 잘 쉬게."

이원영은 앉아서 경례를 받아 주었고 대한은 금방 관사를 벗어날 수 있었다.

이원영이 멀어져 가는 대한의 뒷모습을 보며 생각했다.

'희한한 자식, 미운 것 같으면서도 또 묘하게 안 밉단 말이야.'

얼마 뒤, 이원영 부부는 예정대로 거실에서 고기를 굽기 시작했고 그 과정에서 건강검진 이야기가 나왔다.

"건강검진? 췌장암?"

"글쎄, 제 얼굴이 누런 게 자기 어머니한테서 봤던 증세랑 똑같아서 혹시나 하는 마음에 그런 얘길 하더라구요."

"오버 하는 거 아냐? 췌장암이 어디 쉽게 걸리는 병도 아니고. 그리고 당신 얼굴 멀쩡한데?"

"저도 그래 보이긴 하는데 그래도 그런 말을 듣고 나니 영 찝찝해서 안 되겠어요."

"그렇다면 받아 보는 게 낫지. 건강 관련된 건 과하게 조심해서 나쁠 거 없으니까. 근데 김 소위 어머니가 아프셨었나? 그런 보고는 못 들었던 것 같은데?"

"괜찮으시니까 보고를 안 했겠죠. 이참에 당신도 받아 보는 게 어때요?"

"그럴까?"

고개를 끄덕인 이원영은 이어서 구운 고기를 먹기 시작했다.

'췌장암이라…….'

이렇게까지 세심한 놈인데 지뢰 교관 같은 건 괜히 시켰나?

뒤늦게 미안한 마음이 들었다.

하지만 한 번 뱉은 말을 도로 물릴 수도 없는 노릇.

'못 해도 뭐라고 하진 말아야겠군.'

이원영이 크게 쌈을 싸서 먹는다.

⁂

관사를 나온 대한은 대대 막사 쪽으로 향했다.

'사모님 건은 이 정도면 된 것 같고…….'

얼마 뒤 대대 막사에 도착한 대한은 곧장 1생활관으로 향했다.

주말에 대대 막사에 온 건 단장에게 말했던 것처럼 병사들과 친해지기 위함이 아니었다.

다름 아닌 황재우를 구해 주기 위해서였다.

'주말의 재우는…… 안 봐도 뻔하지.'

간부가 있는 일과 중에도 부조리가 있는데 주말이라고 오죽할까.

아니, 오히려 주말이 더 힘들 것이다.

그래서 구해 주러 가는 것이다.

누군가에겐 찰나와 같을 시간이 누군가에겐 억겁과도 같을 테니.

1생활관에 도착하자 유리창이 막힌 걸 볼 수 있었다.

대체 뭔 짓들을 하고 있길래 유리창까지 막아 놓은 걸까?

대한은 눈살을 찌푸리며 거리낌 없이 문을 열었다.

"아 시바, 누구야?"

……그리고 곽주진에게 쌍욕을 들을 수 있었다.

대한이 헛기침을 하며 말했다.

"크흠, 나다."

"엇, 소대장님?"

생활관은 불이 다 꺼진 채 작은 영화관이 되어 있었다.

곽주진은 불청객의 정체가 대한이라는 걸 알았지만 그럼에도 침대에 누운 채 일어나지 않았다.

대신 고개만 돌린 채 알은체를 해 보일뿐.

기가 찼다.

하지만 내색은 하지 않았다.

아직은 때가 아니었으니까.

곽주진이 고개만 돌린 채 대한에게 물었다.

"소대장님? 주말인데 어쩐 일이십니까?"

"동원 훈련 준비할 것도 있고 숙소에만 있기 심심해서 올라와 봤지."

"밖에 안 나가십니까?"

"아직은 눈치 보여."

"흠, 그것도 그렇습니다. 심심하시면 같이 이거나 보십쇼. 존나 재밌습니다."

곽주진은 이내 곧 흥미를 잃었다는 듯 고개를 돌려 티비를 봤고 대한은 대답 대신 생활관을 둘러보며 황재우를 찾았다.

그리고 얼마 뒤, 생활관 구석 침대에 정자세로 앉아 벽을 보고 있는 황재우를 발견할 수 있었다.

그럼 그렇지.

왜 안 보이나 했더니 구석에 박아 뒀군.

참 너무하다 싶었다.

쉬라고 있는 주말까지 꼭 이래야 했을까?

얼레?

자세히 보니 귀에는 주황색 3M 귀마개까지 끼워져 있었다.

그러니 대한이 들어와도 몰랐던 걸 테지.

대한은 속으로 한숨을 내쉬며 모른 척 곽주진에게 물었다.

"주진아, 얘 왜 이러고 있냐?"

그 말에 곽주진이 고개만 다시 슬쩍 돌리며 말했다.

"짬찌잖습니까, 어디 짬찌가 주말에 TV를 볼 수 있겠습니까? 그래도 저 정도면 양반인 게 저 때는 주말에 대가리 박고 있었습니다."

"네가 대가리를 박고 있었다고?"

"예, 그때 선임들 라인이 어마어마했습니다. 악마도 그런 악마 새끼들이 없었는데……."

곽주진이 한숨을 내쉬며 고개를 내젓는다.

그 모습에 대한이 눈살을 찌푸렸다.

지랄하고 있네.

라인이 어마어마하긴.

대한이 기억하기로 곽주진의 선임들은 천사였다고 들었다.

부조리 없애는데도 앞장섰고.

'근데 그 부조리들을 다시 부활시킨게 저놈이지.'

이런 걸 부조리의 법칙이라고 한다던가?

누군가 부조리를 없애면 다음 세대가 귀신같이 부조리를 부활시킨다는…….

대한이 눈살을 좁히며 물었다.

"그래도 넌 같이 봐줄 수 있잖아?"

"에이, 저도 그러고 싶긴 한데 군대라서 어쩔 수가 없습니다. 애들 풀어 주면 버릇 나빠져서 나중에 통제가 힘들어지거든요."

점입가경.

더는 할 말이 없었다.

대한은 더 이상의 대화는 포기하기로 하고 착잡한 눈빛으로 황재우의 뒷모습을 보던 끝에 말했다.

"주진아, 재우 좀 빌려 갈게."

"예? 아, 안 됩니다!"

"왜 안 되는데?"

"제 전용 셔틀이라서 안 됩니다."

"……."

진담이 아니라 딴에는 농담이라고 던진 말이라는 것을 대한은 안다.

하지만 농담인 걸 알아도 화가 났다.

자신을 얼마나 만만하게 보면 저런 농담을 던질 수 있을까?

'아냐, 참자. 겨우 이런 거에 발끈해서 급발진해 버리면 그땐 이도저도 아니게 되니까.'

대한이 웃으며 말했다.

"그럼 네가 대신 동원 훈련 짐 옮길래?"

"어휴, 얼른 데려가십쇼. 그러라고 있는 셔틀 아니겠습니까?"

대한은 대강 대답한 뒤 아무것도 모른 채 벽을 보고 있는 황재우의 양어깨를 감싸 쥐었다.

"일병! 황재우!"

그러자 황재우가 바짝 긴장한 모양새로 즉각 관등성명을 댔고 그 안쓰러운 모습에 대한이 손수 귀마개를 빼 주며 말했다.

"재우야, 나가자."

"이, 일병 황재우?"

소대장이 나가자고 했음에도 황재우가 고개 돌려 티비 보는 곽주진의 눈치를 본다.

위계질서가 얼마나 개판 났는지 알 수 있는 부분이었다.

"괜찮으니까 가자."

"예, 예! 알겠습니다."

황재우를 구출하는 데 성공한 대한이 반걸음 정도 앞장서며 말했다.

"주말마다 그러고 있는 거야?"

"……예, 그렇습니다. 후임 들어올 때까진 이게 기본이라고 들었습니다."

잔뜩 풀 죽은 목소리.

그나저나 후임 들어올 때까진 기본이라…….

미친놈인가?

신병이 언제 들어올 줄 알고?

게다가 더 가관인 건.

'신병 들어오면 또, 똑같이 시키겠다는 거잖아?'

그렇기에 대한은 다짐했다.

곽주진은 반드시 최대한의 증거들을 모아 어떻게든 빅엿을 선사해 주겠다고.

대한이 고개를 내저으며 물었다.

"아까 보니까 너랑 주진이밖에 생활관에 없던데, 다른 애들은?”

“다른 분들은 놀러 나갔습니다.”

“넌 그러고 있고?”

“막내만 그렇습니다.”

“중대 전부가 이런 거야?”

“아닙니다, 저희 분대만 그렇습니다.”

“그래?”

“네, 그렇습니다.”

대답하면서도 멋쩍게 웃는 황재우.

그 미소를 보고 있자니 괜히 더 미안한 마음이 들었다.

“바로 조치해 주지 못해서 미안하다, 재우야.”

“아닙니다. 그래도 요즘은 소대장님 덕분에 좀 버틸 만합니다. 군자의 복수는 십년이 걸려도 늦지 않다는 말이 있지 않습니까?”

“그래도 내가 미안해서 그렇지. 고생하는 건 너잖아.”

“괜찮습니다. 진짜 버틸 만합니다.”

씩씩한 황재우의 눈빛.

저건 진심이었다.

“그래…… 그럼 이 자리를 빌어 다시 한번 약속할게. 소대장이 꼭 주진이 조져 주겠다고. 그나저나 그런 의미에서 ‘그건’ 어떻게 됐나?”

“그거라면…….”

황재우가 곽주진의 부조리 내용을 상세하게 적고 간 그날, 대한은 황재우에게 비밀리에 임무 하나를 부여했다.

그것은 바로 곽주진의 반입 금지 물품들을 찾는 것.

예컨대 mp3나 휴대폰 같은 것들 말이다.

직접 본 적은 없지만 부대 내에 곽주진의 금지 물품이 있는 건 확실했다.

대한이 없는 사실을 기억하고 있는 건 아니었으니까.

"죄송합니다, 아직 못 찾았습니다. 말씀해 주신 곳들은 전부 다 확인해 봤는데 없었습니다."

"그래?"

이상하다.

아직 반입 전인가?

그럴 리가 없을 텐데…….

'전역이 3개월밖에 안 남았는데 안 갖고 있을 리가 없지. 좀 더 자세히 찾아봐야겠군.'

대한이 말했다.

"괜찮아. 아직 시간 여유는 있으니 또 생각나는 곳 있으면 바로 말해 줄게."

"알겠습니다. 저도 혹시 모르니 말씀해 주신 곳들을 자주자주 확인하겠습니다. 근데, 소대장님. 저희 지금 어디로 가고 있는 건지 여쭤봐도 되겠습니까?"

"용사의 방."

"용사의 방…… 말씀이십니까?"

"가 봤어?"

"가 보기만 해 봤습니다."

"게임은 못 해 봤다는 거네?"

"예, 청소 구역 때문에 청소만 하러 갔습니다."

"잘됐네. 우리 지금 게임하러 가는 거거든."

"예?"

"예에?"

"아, 아닙니다! 죄송합니다!"

당황하는 황재우의 모습에 대한이 씩 웃으며 말했다.

"너무 놀라지마. 종찬이 때문에 겸사로 가는 거니까. 저번에 종찬이만 면담 못 했잖아? 그러니까 누가 뭐라고 하면 종찬이 찾으러 간 거라고 해."

"예, 알겠습니다."

"그런 의미에서 담배나 한 대 태우고 갈까?"

마침 지나가는 길에 흡연장이 보였다.

그 말에 황재우가 고개를 기울였다.

"소대장님께선 비흡연자이시지 않습니까?"

"너 피우라는 거지, 뭐. 하루 종일 한 대도 못 피웠을 거 아냐."

"그렇긴 합니다."

"그럼 한 대 피우고 가자. 흡연자들이 제일 참기 힘든 게 담배잖아?”

“감사합니다.”

그 말에 황재우가 품에서 담배를 꺼냈다.

그런데 얼마간 담배를 쳐다보는 듯하더니…….

와작!

별안간 담배 곽을 통째로 꾸겨 쓰레기통에 집어넣었다.

그 모습에 놀란 대한이 물었다.

“뭐야, 너 갑자기 왜 그래?”

“소대장님도 안 피우시는데 병사인 제가 태우면 좀 그렇지 않습니까, 차라리 제가 끊겠습니다.”

“야, 너무 오버하는 거 아냐? 너 담배는 끊는 게 아니라 잠깐 쉰다는 말이 있다?”

대한은 골초였던 전생을 기억했다.

그때도 금연을 위해 갖은 노력을 기울였으나 현실이 팍팍해 회귀 직전까지도 담배를 손에 놓지 못했다.

그 말에 황재우가 빙그레 웃었다.

“그런 거 아닙니다. 전 담배를 군대에서 배웠습니다. 정확히는 혼자 피웠지만 말입니다.”

“……그러냐?”

그렇다면 끊을 만하지.

대한이 황재우의 어깨를 두드려 주며 말했다.

“그래, 잘 생각했어. 이왕 이렇게 된 거 나랑 운동이나 하고 건강하게 살자."

"예, 좋습니다!"

"근데 너 철권 잘하냐?"

"보통은 합니다."

두 사람은 소소하게 떠들며 용사의 방으로 이동했다.

✖

그 시각 용사의 방.

병사들이 한 줄로 길게 늘어서 있다.

부대 내 철권의 신이라 불리는 최종찬에게 도전하기 위함이었다.

"하, 저 자리 오늘은 뺏어 볼 수 있을까?"

"에이, 안 될 겁니다. 종찬이 실력 아시잖습니까."

"야, 원숭이도 나무에서 떨어진다고 혹시 아냐? 갑자기 종찬이 손이 한 번 꼬일지. 정말 딱 한 번만 이기면 되는데 딱 한 번만."

"그리고 다시는 재대결 안 하시고 말입니다?"

"당연한 거 아니냐? 그나저나 누가 종찬이 한 번만 이겨 봐줬음 좋겠는데……."

부조리가 난무하는 부대에서 계급과 상관없이 줄 서 있는 모습들은 어찌 보면 진풍경이라 할 만 했다.

물론 부대 기준으로 진짜 진풍경은 겨우 이병인 최종찬이 온종일 오락기 앞에 붙어 있는 것이었지만 그에 불만을 가지는 사람은 아무도 없었다.

지루한 군 생활에 철권 고수 최종찬의 등장은 고참 병사들에게 있어 재미난 콘텐츠가 되었으니까.

물론 단순히 게임을 잘한다는 사실만으로 최종찬이 인기 있는 건 아니었다.

"그 캐릭터는 공격 동작이 크지 않습니까? 그래서 그냥 스탠딩으로 공격하면 무조건 막을 수밖에 없습니다. 일단 하단을 공격하고 스탠딩으로 공격하는 습관을 들이시면 실력이 더 좋아지실 겁니다."

"아, 어쩐지. 고맙다 종찬아. 오늘 2중대 아저씨랑 내기나 해야겠다."

"하하, 꼭 이기고 오십쇼."

"당연하지, 이기면 피엑스 쏠게."

최종찬은 늘 겸손했다.

더불어 조용조용한 말투와 친절한 성격으로 병사들에게 족집게 과외까지 해 주니 인기가 없으려야 없을 수가 없었다.

그렇게 한참을 상대하던 중이었다.

"종찬아, 안녕?"

"네, 누구…… 헙! 소대장님?"

"어쭈? 관등성명 안 대?"

"어앗, 죄, 죄송합니다! 이병 최종찬!"

최종찬에게 도전하러 오는 사람은 많지만 대부분이 병사들이다.

간부들은 줄서기도 싫어했을 뿐더러 굳이 휴대폰이 있는데 돈 써 가며 철권을 할 이유가 없었기 때문.

그렇기에 용사의 방에서 간부를 만난 건 최종찬도 이번이 처음이었다.

대한이 웃으며 말했다.

"너 저번에 면담하러 오랬는데 왜 안 왔어?"

"어? 저, 그, 그게……."

그날 최종찬은 철권 때문에 결국 면담하러 가지 못했다.

그래서 뒤늦게 면담에 대한 이야기를 들었을 때 어찌나 가슴이 철렁하던지.

안 그래도 그것 때문에 마음 졸이고 있었는데 오늘 딱 대한이 나타난 것이다.

최종찬이 고개 숙이며 사과했다.

"죄송합니다……."

사실 대한도 최종찬이 오지 못한 이유를 알고 있었다.

그래서 크게 나무랄 생각이 없었다.

어차피 그날 면담의 목적은 최종찬이 아니라 황재우였으니까.

"쉴 때 불러서 일부러 안 온 거야?"

"아, 아닙니다. 그게 사실……."

"알아."

"예? 아, 아니 잘못 들었습니다?"

"너 왜 못 왔는지 안다고. 그러니까 만회할 기회를 주마."

"기……회 말씀이십니까?"

"그래. 철권으로 나랑 재우를 이겨라. 그럼 그때 안 온 거 용서해 주지."

철권 고수에게 그런 내기라니.

거절할 이유가 없었다.

최종찬이 밝게 대답했다.

"네, 알겠습니다!"

"들었지, 재우야? 자신 있지?"

"예, 그렇습니다!"

"좋아. 그럼 재우부터. 가랏, 황재우!"

"재우재우!"

이윽고 게임이 시작됐다.

결과는 뻔했지만 황재우와 최종찬은 그 어느 때보다도 즐겁게 게임했다.

이 게임은 절대 철권도 아니었고 부조리도 아니었으니까.

패배한 황재우가 멋쩍게 웃으며 뒷머리를 긁적였다.

"아, 역시 신은 못 이기겠습니다."

"신은 무슨 신, 비켜 봐. 내가 신을 꺾는 모습을 보여 줄 테니.”

“엇, 소대장님. 철권 잘하십니까?”

“보기나 해. 내가 어떤 사람인지 보여 줄 테니까.”

2차전이 시작됐다.

황재우를 비롯한 대기하던 병사들도 호기심 어린 눈으로 두 사람의 경기를 구경하기 시작했다.

간부와 병사가 맞붙는 상황은 좀처럼 보기 힘든 것이었으니까.

캐릭터 선택창에서 최종찬이 물었다.

“저 정말 안 봐드립니다?”

“봐주면 징계 먹일 거니까 최선을 다해라.”

“예, 알겠습니다!”

최종찬이 기합을 잔뜩 넣으며 게임을 시작했다.

게임 내내 대한의 캐릭터는 땅에 발도 못 붙이게 하겠다는 다짐을 하며.

그런데…….

‘어?’

생각보다 대한이 게임을 잘했다.

‘뭐지? 뽀록인가?’

그러나 초심자의 운이라고 하기엔 가드 타이밍이 너무 딱딱 잘 맞아떨어졌다.

“와, 뭐야?”

"새로 온 소대장님 아니시냐?"
"소대장님 꽤 치시는데?"
병사들이 술렁이기 시작했다.

Chapter 5

구경하는 이들 모두 최종찬에게 철권 과외를 받은 병사들로 최소 경기 보는 눈은 있었다.

그도 그럴 게 이들 중에는 틈만 나면 입으로 나불대는 소위, '입철권' 중독자들도 있었으니까.

그렇기에 최종찬도 슬슬 압박감을 느끼기 시작했다.

"오, 종찬이 집중한다."

"입 나온 거 봐."

"집중할 때만 나온다는 진실의 입!"

하지만 결국 최종찬이 이겼다. 물론 그 차이가 꽤나 아슬아슬했지만 어쨌든 겨우 이기긴 했다.

패배한 대한이 씩 웃으며 물었다.

"종찬이가 대구 사람이었던가?"

"그렇습니다."

"나도 상구 오락실 좀 다녔는데 그래도 대회 나가는 사람은 확실히 좀 다르네."

"엇, 소대장님 상구 오락실 다니셨습니까?"

상구 오락실은 대구 철권의 성지로 불리는 곳으로 대구 철권 유저라면 모를 수가 없는 오락실이었다.

그래서 더더욱 반가웠다.

부대에서 상구 오락실을 아는 사람은 처음이었으니까.

대한이 씩 웃으며 말했다.

"어쨌든 네가 이겼으니까 약속대로 저번 면담 건은 면피해 준다. 그래도 다음엔 그러면 안 된다?"

"예, 알겠습니다! 감사합니다, 소대장님!"

"좋아. 그럼 이제 본 게임해야지?"

그 말과 함께 대한이 자리에서 일어났다.

"소대장님 어디 가십니까?"

"또 하려면 줄 서야지? 뒤에 줄 있잖아."

그 말에 뒤에서 대기하고 있던 병사들이 손사래를 치며 대한을 자리에 앉혔다.

"아, 아닙니다! 한 판 더 하셔도 됩니다."

"그래도 돼? 그래도 룰이라는 게 있는데……."

"아닙니다! 아닙니다! 저희도 종찬이한테 털리는 거보다 종찬이가 지는 모습을 더 보고 싶습니다."

"정말입니다! 이번에는 꼭 종찬이 이겨 주십쇼!"

"그래?"

그 말에 대한이 최종찬과 눈을 맞추며 물었다.

"그렇다네?"

그 물음이 묘하게 도발처럼 느껴졌다.

그래서 최종찬도 피식 웃었다.

"저는 상관없습니다."

"그럼 긴장감을 높이기 위해 내기나 하나 할까?"

"내기라면…… 어떤 내기 말씀이십니까?"

내기라는 말에 최종찬이 조심스레 물어 왔고 그 물음에 대한이 방긋 웃으며 대답했다.

"소원빵 어때?"

"소원빵…… 말씀이십니까?"

"왜, 자신 없어?"

"아닙니다. 자신 있습니다. 근데 정말 아무 소원이나 빌어도 되는 겁니까?"

"그래도 전역은 못 시켜 줘."

"아쉽습니다."

"미친놈. 그럼 적당히 피엑스 내기나 하자."

"좋습니다."

그렇게 2라운드가 시작되었다.

최종찬은 초장부터 전력을 다했다.

대한의 철권 실력을 알았기 때문.

그래서일까?

줄 서 있던 병사들은 물론 용사의 방에 있던 다른 병사들까지 오락기 뒤로 모여 두 사람의 경기를 구경하기 시작했다.

"오오!"

"소대장님이 앞선다!"

"최종찬 패배하나요!"

"요?"

"최종찬 패배합니까?"

모두들 최종찬을 좋아했지만 한마음으로 최종찬이 지기를 바랐다.

여기 있는 사람들 중 최종찬에게 철권으로 이겨 본 사람이 없었기에. 그렇다고 최종찬이 악이라는 건 아니었다. 그저 신이 쓰러지는 걸 보고 싶은 순수한 철권쟁이들의 로망이었다.

그렇기에 대한도 최선을 다했다.

그리고 마침내 캐릭터 하나가 쓰러졌다.

K.O.

화면에 뜨는 피니쉬 문구.

그러나 이변은 없었다.

최종찬의 승리.

"아아……."

대한의 패배에 병사들은 진심으로 아쉬워했다.

대한도 아쉬웠다. 이번에도 아슬아슬하게 패했기 때문이다.

"와…… 정말 아깝습니다, 소대장님."

황재우도 아쉬움을 표했다.

정말 간발의 차이로 패했기 때문이다.

그래도 패배는 패배.

대한이 시원섭섭하게 자리에서 일어나며 말했다.

"아쉽네. 그래도 진 건 진 거지. 약속대로 피엑스 사 줄게."

"감사합니다, 소대장님."

"애들아, 나 종찬이 좀 빌려 가도 되냐?"

"예, 소대장님!"

"줄 서서 철권 하는 거보다 경기 구경하는 게 더 재밌었습니다!"

"깨끗하게 쓰고 돌려주십쇼!"

대기 인원이 꽤 남았으나 아무도 불만을 표하지 않았다.

그만큼 두 사람의 경기가 흥미진진했기 때문이다.

이윽고 세 사람은 피엑스로 향했고 피엑스에 도착하자마자 최종찬에게 바구니를 안겨 주며 말했다.

"금액 신경 쓰지 말고 재우랑 같이 먹고 싶은 거 골라. 바구니에 빈 공간 남아 있으면 지시 불이행으로 징계다."

“예, 소대장님! 감사합니다!”

남아일언중천금.

한번 뱉은 말은 지킨다.

잠시 후, 두 사람은 바구니가 터지도록 먹을 것을 채워 왔고 대한이 나라 사랑 카드로 결제하며 물었다.

“재우야, 담배 사도 되는데 진짜 끊을 거냐?”

“예, 저는 이미 비흡연자가 됐습니다.”

“만약 담배 피우는 거 나한테 들키면 어떻게 할래?”

“전문하사 하겠습니다.”

“어후, 말이 씨가 된다고 그런 말은 쉽게 하는 거 아니다.”

“그만큼 단단한 제 의지를 보여 드리고 싶은 것뿐입니다.”

“그래, 이번 기회에 꼭 전문하사 됐으면 좋겠다. 행보관님이 엄청 좋아하시겠어. 근데 애들이 많네? 냉동만 돌려서 간부 연구실로 가자.”

“예!”

이윽고 전자레인지 사용까지 마친 세 사람은 냉동 냄새 풀풀 풍기며 간부 연구실에 도착했고 황재우와 최종찬은 도착과 동시에 순식간에 식사 준비를 마쳤다.

“둘 다 고생 많았다. 먹자.”

“잘 먹겠습니다, 소대장님.”

“소대장님도 고생 많으셨습니다.”

식사가 시작되자 최종찬이 입 안으로 음식을 쓸어 넣는다.

그 모습을 본 대한이 물었다.
"종찬아, 배 많이 고팠냐?"
"소대장님, 저 철권만 3시간 넘게 했습니다."
"……너도 고생이 많다."
"어째 입대하기 전보다 입대하고 나서 철권을 더 많이 하는 것 같습니다."
"그래 보여, 혹시 이것도 부조리 아니냐? 철권 부조리."
"……하하."
어색하게 웃는 최종찬.
부정하지 못했다.
사실 최종찬은 철권이 별로 하기 싫었다. 취미가 일이 되면 좋아하던 것도 하기 싫어지는 법이니까. 하물며 접대 철권에 철권 과외까지 하고 있으니 그 심정이 오죽할까.
대한이 사이다를 종이컵에 따라 주며 물었다.
"그나저나 철권은 언제부터 시작했냐?"
오늘 대한이 굳이 황재우를 데리고 용사의 방으로 간 이유.
단순히 황재우에게 게임을 시켜 주고 싶어서가 아니었다.
바로 이 질문을 하기 위함.
물론 이 질문은 다음 단계로 나아가기 위한 포석이었다.
대한에게 있어 최종찬은 황재우만큼이나 아픈 손가락이었으니까.
최종찬이 종이컵을 받아 들며 말했다.

"철권 말입니까? 음…… 제 기억으론 초등학교 5학년 때인가? 그때 처음 시작했을 겁니다."

"왜 하필 철권이었나? 계기 같은 게 있나?"

그 물음에 최종찬이 배시시 웃으며 말했다.

"실은…… 저희 집이 많이 가난합니다. 또 할머니랑 둘이 사는데 그래서 한 달 용돈이란 개념도 없고 이따금씩 할머니께서 쥐여 주시는 몇천 원이 제 용돈의 전부였습니다. 근데 게임은 하고 싶고 피시방에 가자니 비싸서 엄두도 못 내다보니 자연스럽게 저렴한 문방구 오락기로 눈길이 갔던 것 같습니다."

멀리서 보면 희극이고 가까이서 보면 비극이라더니.

가난.

그게 최종찬이 철권을 시작하게 된 계기였다.

최종찬이 이어서 말했다.

"근데 아무리 판당 백 원짜리 게임이라도 지면 계속할 수가 없으니 그때부터 철권 공부를 하기 시작했습니다. 커맨드를 외우고 캐릭터 공부를 하면 조금이라도 더 오래 게임을 할 수 있으니까요."

비교적 무거운 이야기였지만 그래도 최종찬은 웃음을 잃지 않았다. 애초에 이런 이야기를 하는 걸 부끄러워하는 성격도 아니었고. 그래도 씩씩한 웃음이 묘하게 슬퍼 보이는 건 어쩔 수 없었다.

최종찬이 뒤통수를 긁적이며 말했다.

"즐거운 자리에 분위기 망치는 이야기를 해서 죄송합니다."

"아냐. 내가 뭐 분위기 띄우려고 그런 걸 물어봤겠냐, 그냥 면담의 일환이라고 생각해."

"감사합니다, 소대장님."

"감사까지야. 그럼 할머니랑 둘이 사는 거야?"

"예. 아빠는 죽었는지 살았는지도 모르고 엄마도 할머니한테 저 맡겨 놓고 도망갔습니다."

"푸흡!"

그 말에 순간 황재우가 먹던 음식을 뿜었다.

"죄, 죄송합니다! 너무 놀라서 그만…… 절대 비웃거나 그런 거 아닙니다! 엄청난 이야기를 너무 아무렇지 않게 해서 놀란 것뿐입니다!"

행여 오해받을까 싶어 급히 해명하는 황재우.

대한이 티슈를 뽑아 주며 말했다.

"아무도 그렇게 생각 안 해. 그러니까 오버하지 말고 먹어."

"……예, 죄송합니다."

그나저나 최종찬 이 자식.

일부러 돌려서 말한 건데 이런 식으로 까발려 버리다니.

그에 최종찬이 씩 웃으며 말했다.

"전 진짜 괜찮습니다. 오히려 이런 걸 숨기고 불편해하면 나중에 알게 된 사람들이 불편해해서 그냥 미리 말하는 편이 낫습니다."

"하긴, 그렇긴 하지. 나도 그랬으니까."

"소대장님께서도 말씀이십니까?"

"응, 나도 아버지 얼굴 모르거든."

"아아……."

그 말에 최종찬이 대한을 바라보는 눈빛이 바뀌었다.

동질감을 느낀 걸 테지.

대한이 아무렇지 않은 표정으로 질문을 이어 나갔다.

"그나저나 부모님은 이혼 안 하셨나 보네?"

"예, 그렇습니다. 근데 그건 어떻게 아셨습니까?"

"이혼을 해야 복지 혜택을 받을 수 있으니까. 우리 집도 이혼을 못 해서 아무런 혜택을 못 받았거든. 그래서 잘 알지."

"아아……."

"할머님 건강은 좀 어떠셔?"

"병원에 다니고 계시긴 한데 건강하신 편은 아닙니다."

"그렇구나. 걱정이 많겠네. 전화는 매일 드리고 있고?"

"예, 일과 끝나고 매일 전화드리고 있습니다."

"그래, 효도가 다른 게 아니야. 호강시켜 드리는 것도 효도지만 진정한 효도는 마음을 편하게 해 드리는 거라고 생각해."

"저도 그렇게 생각하고 있습니다. 그래도 언젠가는 꼭 할머니를 호강시켜 드리고 싶습니다."

"그래, 좋은 마음가짐이다."

대답은 그렇게 했지만 대한은 마음이 무거웠다.

그도 그럴 게 머지않아 할머님의 건강이 크게 악화된다는 걸 대한은 알고 있었기 때문이다.

'그때부터 종찬이가 군 생활에 집중을 못 했지.'

최종찬에게 할머니는 인생의 전부였다.

하나 남은 유일한 혈육이었으니까. 그래서 할머니가 쓰러졌다는 소식을 듣자마자 급하게 연가 처리를 해서 할머니께 보내주었지만 그것만으로는 역부족이었다.

사람은 언제 죽을지 모르니까.

그래서 병가까지 동원하였으나 그럼에도 주어진 시간은 한정적이었고 결국 부대는 최종찬을 의가사 제대시키려고까지 온갖 노력을 기울였다.

'하지만 서류의 벽을 넘지 못했지.'

서류의 벽을 넘지 못한 이유.

바로 호적에 남아 있는 부모님 때문이었다.

서류상으로는 어쨌든 부양자가 남아 있으니 최종찬을 유일한 부양자로 볼 수 없다는 게 그 이유였다.

어이가 없었다. 살았는지 죽었는지도 모를 부모 때문에 유일한 혈육인 할머니 곁을 지키지 못하다니…….

'종국엔 대대장과 단장도 합세했지만 끝끝내 실패했지.'

그리고 비극이 시작됐다.

연가와 병가를 모두 소진한 최종찬이 부대로 복귀하고 며칠 뒤, 최종찬의 할머니가 돌아가신 것이다.

장례는 급히 부여된 포상휴가로 어떻게 치렀지만 최종찬은 결국 할머니의 임종을 지키지 못했다.

'종찬이가 앓기 시작한 게 그때부터였고.'

마음의 병이 컸던 걸까?

최종찬은 결국 복무 부적합으로 전역하게 됐다.

하지만 그땐 이미 할머니가 돌아가신 뒤였고 그 뒤로 최종찬의 소식은 알 수가 없었다.

'그러니 이번엔 절대로 같은 일이 반복되지 않게 한다.'

대한이 준비해 둔 말을 꺼내기 시작했다.

"전역하고 나면 뭐 하려고? 생각해 둔 건 있어?"

그 물음에 최종찬이 눈을 굴리며 고민하더니 대답을 내놓기 시작했다.

"아직 생각해 둔 건 없지만 아마 공장 가거나 노가다를 하게 될 것 같습니다."

"노가다 해 보긴 했고?"

"아직 안 해 봤습니다."

"넌 몸도 약해 보이는데 노가다 할 수 있겠냐? 그거 잘못 하면 하루 하고 다음 날 뻗을 수도 있어."

"그래도 공병 출신에 전역 전까지 빡세게 운동하면 괜찮을 것 같습니다. 개인적으로 공장은 마지노선으로 생각하고 있습니다. 제가 단순 반복 작업을 진짜 못 해서……."

"인마, 그래 가지고 되겠냐?"

"뭘…… 말씀이십니까?"

"앞으로 군 생활만 근 2년이 남았는데 그때까지 한다는 게 고작 노가다 준비가 말이 되냐고 인마."

"……죄송합니다."

최종찬이 잘못이라도 한 것처럼 고개를 숙인다.

좀 심했나?

대한이 큼큼 목소리를 가다듬고 천천히 말을 잇기 시작했다.

"노가다가 나쁘다는 건 아니야. 노동만큼 신성한 것도 없으니까. 하지만 넌 아직 젊고 할 수 있는 일들이 많잖아. 그런데 왜 그런 가능성과 청춘들을 포기하고 그런 선택을 하냐는 거지. 내 말은."

"……그럼 제가 어떻게 하면 되겠습니까?"

대한의 말에 최종찬이 묘한 눈빛으로 대한을 바라본다.

그 눈빛이 꼭 꼰대질만 하지 말고 구체적인 대책을 내놓으라는 눈빛 같다.

물론 대책이야 준비해 왔다.

대한이 말했다.

"너 서류 보니까 고등학교 중퇴했더라?"

"예, 집에 빚이 좀 있어서 학교 다닐 바엔 그냥 일하는 게 나을 것 같아서 일찍이 때려 쳤습니다."

"그때 할머니가 뭐라고 하시던?"

"……우셨습니다."

"그럼 우선 검정고시부터 치자."
"예? 아, 아니 잘못 들었습니다?"
"아까 말했잖아, 진정한 효도는 마음을 편하게 해 드리는 거라고. 기억 안 나? 너도 공감했었잖아."
"그……랬습니다."
"근데 고등학교 중퇴할 때 할머니가 우셨다면서?"
"……예, 그렇습니다."
"그럼 인마, 네가 군대에서 검정고시 딱 합격해서 가면 할머니가 얼마나 좋아하시겠냐? 분명 할머니께선 너에 대한 미안함과 죄책감을 갖고 계실 거야. 우선 그것부터 풀어 드리는 거지."
"……."
반박할 수가 없었다.
구구절절 맞는 말들뿐이었으니까.
대한이 뒷말을 덧붙였다.
"공부 준비는 걱정하지 마. 나랑 재우가 도와줄 테니까. 그리고 너 지성이 알지?"
"옥지성 상병 말씀이십니까?"
"그래. 지성이. 지성이도 중졸이야, 그래서 내가 검정고시 준비하자고 했어."
"아……."
혼자보단 둘이 낫고 둘보단 셋이 낫다.
옥지성의 이야기가 나오자 최종찬은 좀 더 자신감을 가질

수 있었다.

대한이 말했다.

"그리고 운동도 틈틈이 하자. 그런 의미에서 너, 특급전사만 따도 웬만한 일반인보단 체력 좋은 축에 속하는 건 알고 있지?"

"예, 알고 있습니다."

"내가 너 올해 내로 특급전사 만들어 줄게. 이건 재우 너도 마찬가지야."

"저, 저도 말씀이십니까?"

"싫어?"

"아, 아닙니다! 좋습니다!"

"그래 인마. 아까 우리 말했잖아. 담배 끊고 건강하게 살자고. 특급전사 따면 좋잖아? 조기 진급도 하고 휴가증도 나오고. 이럴 때 아니면 언제 몸 만들어 보겠냐?"

"맞습니다."

"그리고 만약 특급전사도 되고 검정고시도 합격하면……."

대한이 씩 웃으며 말했다.

"수능 준비도 한번 해 보는 게 어떻겠냐?"

"수……능 말씀이십니까?"

수능 이야기에 최종찬의 눈이 휘둥그레 커졌다.

"그래, 수능. 너 설마 게임할 때 첫판 대장만 잡고 끝내?"

"아닙니다."

"검정고시가 부대장이면 수능이 대장이라고 생각해. 대학원 같은 건 모르겠고 우리나라에선 일단 대학을 나온 것과 안 나온 것에 큰 차이가 있으니까. 재우야, 너 대학 어디랬지?"

"하늘대입니다."

"하늘대면 꽤 높잖아? 너 공부 잘했구나?"

"하하, 그냥 뭐…… 운이 좋았습니다."

"몇 학년인데?"

"1학년 마치고 바로 왔습니다."

"그래, 이게 보통의 20대지. 어떠냐, 종찬아? 수능도 칠 거지?"

그러나 최종찬은 쉬이 대답하지 못했다. 왜냐하면 설령 합격한다고 해도 다른 문제가 있었기 때문이다.

"수능은…… 좀 더 고민해 봐야 될 것 같습니다."

"돈 때문에 그러지?"

"어떻게 아셨습니까?"

"빚 때문에 고등학교 중퇴했다며. 설마 내가 그런 것도 생각 안 하고 무책임하게 말했겠냐?"

그 말에 최종찬이 그게 무슨 말이냐는 표정을 지어 보였다.

황재우도 흥미로운 표정으로 만두를 먹으면서 대한을 바라보았다.

"아까 소대장이 말했지? 소대장도 아빠 때문에 아무런 복지 혜택을 못 받았다고."

"그렇습니다."

"근데 난 ROTC 출신이잖아. 대학을 나왔다는 얘기지. 나도 한때는 나이 차이 나는 동생도 있고 해서 그냥 학교 중퇴하고 돈이나 벌려고 했었다. 근데 우연찮게 키다리 장학금이라는 걸 알게 됐어."

"키다리 장학금, 말씀이십니까?"

"정식 재단이나 이런 건 아니고 어느 이름 모를 거부가 지속적으로 기부를 하나 봐. 고등학교 때 아는 분 추천으로 알게 된 곳인데 거기에 사연 넣어서 신청하면 등록금이나 생활비가 좀 나와. 나도 키다리 장학금으로 학교 다니고 졸업했어."

"아……."

"근데 서류 준비가 좀 빡빡하긴 한데 하려면 할 수 있을 거야. 내가 도와줄게. 국가기관이 아니라 좀 주관적으로 보시는 것 같거든. 근데 학점도 관리해야 되고 유지 조건이 좀 빡세다? 아무나 막 퍼 줄 순 없는 노릇이니까."

키다리 장학금.

그 말에 최종찬의 눈에 희망의 등불이 어렸다.

황재우가 물었다.

"부럽습니다. 그런 곳이 있었으면 저도 한번 신청해 보는 건데……."

"넌 집이 좀 살잖아. 양심이 있냐?"

"하핫, 그래도 장학금이라는 게 많을수록 좋은 것 아니겠습니까?"

"그건 그렇지. 그나저나 어때, 이런 조건이면 수능도 해 볼만 하지?"

"예, 정말 키다리 장학금이란 것에만 되면 노가다가 아니라 대학 생활을 꿈꿔 볼 수도 있을 것 같습니다."

"아마 될 거야. 나도 여러모로 힘써 볼게."

"감사합니다, 소대장님."

대한은 최종찬이 키다리 장학금을 받을 수 있을 거라는 확신이 있었다. 왜냐하면 키다리 장학금은 대한이 만들어 낸 가상의 장학금이었으니까.

'세상에 그런 좋은 장학 제도가 어딨겠어.'

대한이 생활비 신경 쓰지 않고 무사히 학교들을 졸업할 수 있었던 건 모두 다 엄마의 노력 덕분이다.

풍요롭지는 않았지만 그렇다고 아주 빈곤하게 살았던 건 아니니까.

'남아도는 게 돈인데 내 부하 하나 구제 못 해 줄까.'

몇백만 원의 돈이 누군가에겐 하룻밤 유흥비로도 쓰인다지만 누군가에겐 인생을 바꿀 수 있는 금액이다.

그렇기에 대한은 거리낌 없이 최종찬에게 투자하고자 했다.

최종찬에게서 뭘 얻고자 하는 것이 아니다.

그저 자신에게 일어난 기적을 타인에게도 경험시켜 주고 싶었을 뿐.

'돈은 또 벌면 되는 거니까. 그나저나 기준점을 어떻게 정하

지?'

대한은 키다리 장학금을 시작으로 부대에 있는 동안 여러 사람들을 꽤 도울 생각이었다.

최종찬 이외에도 안타깝게 여기던 사람들이 좀 있었으니까.

하지만 그런 작업을 원활히 수행하기 위해선 아무래도 시스템이 필요할 듯 싶었다.

'차차 구상해 봐야겠군.'

대한은 최종찬에게 검정고시에 대한 확실한 약속을 받아 낸 뒤 관련 서적들을 사 주겠다고 말한 후에야 두 사람을 생활관으로 복귀시켰다.

그런 다음 두 사람의 면담 기록을 최신화시킨 뒤 다른 생활관에 있을 또 다른 막내를 찾아 나서기 시작했다.

"어이, 양 프로 혼자 뭐 하냐?"

또 다른 막내.

다름 아닌 지난번 군대스리가의 주역, 양준규였다.

양준규는 3생활관에 혼자 있었다.

분대장 박태현을 비롯한 다른 선임들은 보이지 않았다.

혹여 분대 막내만 남겨 두고 간 것에 대해 무언가 부조리를 의심할 법도 했지만 대한은 그런 생각을 전혀 할 수 없었다.

그도 그럴 게 양준규는 지금 홀로 드러누워 티비를 보고 있었으니까.

'이등병이 누워서 TV를 보다니 생활관 분위기가 이렇게 다르

네.'

생활관의 실권을 잡고 있는 분대장에 따라 후임들의 삶은 천차만별이었다.

대한의 등장에 양준규가 벌떡 일어나 경례를 올렸다.

"엇, 충성! 소대장님, 무슨 일이십니까?"

"어, 앉아 앉아. 혼자 있네?"

"예, 그렇습니다."

"다른 애들은?"

"죄송합니다, 잘 모르겠습니다."

"그래?"

"무슨 일 때문에 그러시는지 혹시 여쭤봐도 되겠습니까?"

"그게……."

대한은 잠시 뜸 들이는가 싶더니 이내 곧 용건을 이야기 시작했다.

"축구 좀 가르쳐 달라고 부탁하러 왔어."

"잘못…… 들었습니다?"

축구를 가르쳐 달라는 말에 양준규의 낯빛이 급속도로 어두워지기 시작했다.

"야야, 표정 풀어. 나 아직 아무한테도 말 안 했으니까."

"하지만 제가 소대장님께 축구 가르쳐 드리고 있으면 금방 소문나지 않겠습니까……."

기어 들어가는 양준규의 목소리.

그 목소리에 대한이 얼른 해결책을 제시했다.

"아휴 그런 건 걱정하지 마. 그땐 네가 나한테 배운다고 둘러대면 그만이니까."

"……제가 소대장님한테 말입니까?"

"내가 수비만 해서 그렇지 아주 못 하진 않아. 저번에 태클하는 거 못 봤냐?"

"봤습니다."

"어떻든?"

"그게……."

양준규가 어색하게 웃는다.

이 자식, 빈말도 못 하는 타입인가?

하긴 프로 눈에는 뭘 해도 애들 장난처럼 보일 테니 이해는 간다.

"거짓말을 못 하는 타입이군. 야, 그래도 단장님은 칭찬하셨어. 나처럼 과감하게 태클하는 애도 없다고. 아무튼 그거 아니라도 핑계거리는 많아. 뭣하면 단이랑 축구 시합 대비 연습용으로 너한테 도움 요청했다고 하면 되지. 물론 과외가 아니라 호흡 맞추기용으로."

"……알겠습니다. 근데 갑자기 왠 축구이십니까?"

"내가 평생 수비만 해 왔거든. 그래서 이 참에 공격수도 좀 해 보고 싶어서 말이야."

그 말에 양준규가 이해하지 못하겠다는 표정으로 물었다.

"혹시 소대장님도 선수 출신이십니까?"

"내가 선출이겠냐, 그냥 남은 군 생활 대비 겸 취미로 배우려는 거지. 다른 부대는 모르겠지만 우리 부대는 축구 시합이 꽤 잦은 거 같거든."

양준규에게 해 준 말 그대로였다.

남은 군 생활 동안 축구를 해도 수십 번은 더 하게 될 텐데 그때마다 양준규에게 도움을 요청할 순 없는 노릇.

그것과 더불어 대한은 원래 축구하는 걸 좋아했다.

다만 짬순으로 포지션이 정해지는 군대 축구 특성상 진급 때문에라도 항상 공격수를 양보해 왔다.

근데 이젠 그럴 필요가 없어졌다.

'장기도 안 할 건데 양보는 무슨.'

이제는 그러고 싶지 않았다.

또 어린 시절 형편상 축구 교실에 다녀 보지 못한 게 아쉬운 기억으로 남아 있기도 했다.

대한은 정말로 축구를 좋아했으니까.

근데 마침 부대에 선수 출신이라는 아주 좋은 선생님이 있는데 어찌 이 기회를 놓칠 수가 있을까?

"야, 그리고 솔직히 너도 축구하고 싶잖아. 안 그러냐?"

"그건……."

축구선수 출신이 축구를 싫어한다?

개가 똥을 끊는다고 말도 안 될 뿐더러 믿어 줄 수도 없었다.

그도 그럴 게 양준규는 상병이 되자마자 매일같이 공을 차러 나갔으니까.

대한의 물음에 양준규가 결국 인정하고 말았다.

"사실 맞습니다. 공 만지고 싶어서 발이 근질거립니다."

"그럴 줄 알았다. 레슨 핑계로 같이 운동이나 하자. 그리고 나 공짜로 부탁하는 거 아냐. 저번에 약속한 걸 빌미로 협박하는 것도 아니고. 이건 순수한 존경심에 하는 부탁이니까 부디 오해는 안 했으면 좋겠다, 준규야."

그 말에 양준규의 얼굴이 그제야 밝아졌다.

"알겠습니다. 그런데 공짜로 부탁하는 게 아니시라면 어떤……."

"레슨 때마다 피엑스 쏜다, 무제한으로."

피엑스 무제한.

존재할 수 없는 단어의 탄생에 양준규의 눈에 불꽃이 일었다.

"최선을 다해 가르치겠습니다. 근데 구체적으로 어떤 걸 배우고 싶으신 겁니까?"

"슈팅이나 프리킥, 헤딩처럼 골 넣는 것들 위주로. 저번에 너 경기 뛰는 거 보니까 엄청 멋있더라고. 너 정도만 돼도 소원이 없겠다."

"저 축구만 12년 했습니다."

"혹시 아냐 내가 재능이 있을지?"

대한은 양준규를 향해 씨익 웃어 보였다. 양준규도 마찬가지로 대한의 말이 재밌다는 듯 웃어 보였고.

"지금 16시 30분이니까 저녁 먹기 전까지 어때? 밖에 날씨도 좋은 거 같은데."

"딱 좋은 것 같습니다."

의기투합한 두 사람이 신나게 운동장으로 이동한다.

대한은 양준규와 대대 운동장 옆 풋살장으로 이동했다. 그런데…….

"소대장님? 풋살장에서는 못 할 것 같습니다."

이미 누가 먼저 와서 풋살장을 이용하고 있었다.

상의 탈의를 한 팀과 로카티를 입은 팀.

그중 한쪽은 대한이 아는 얼굴들이었다.

"너네 분대 애들 아니냐?"

"예, 점심 먹고 나서부터 안 보이셨는데 다들 풋살 중이셨나 봅니다."

"그때부터 했다고?"

역시 군대스리가인가.

점심 먹고부터면 최소 3시간은 뛰었다는 건데 참 징글징글했다. 거기다 더 중요한 건 아직 승부가 나지 않았다는 것.

양준규가 풋살장을 보며 말했다.

"제가 알기론 저번 주에도 저렇게 해서 힘들다고 다신 안 할 거라고 들었는데 체력들이 대단한 것 같습니다."

"군대에서 할 게 없으니까 저러는 거 아니겠냐. 그나저나 이를 어쩐다……."

"저녁 전까진 안 끝날 것 같은데 어떻게…… 우선 연병장에서라도 하십니까?"

"음……."

대한은 풋살장과 연병장을 번갈아 보던 끝에 연병장에 깔린 크고 작은 돌멩이들을 보고 고개를 저었다.

잔디 구장 놔두고 왜 저런데서 공을 차?

게다가 연병장은 공을 잘못 차기라도 하면 하루 종일 공만 주우러 다녀야 하는 불편함이 있다.

그러니 답은 이미 정해져 있는 셈.

대한이 말했다.

"연병장에서 하면 다신 축구 레슨 안 받을 것 같다. 이러지 말고 그냥 같이하자고 하자. 경기만 3시간 넘게 뛰었으면 지친 애들도 꽤 있을 텐데."

"좋은 생각이신 것 같습니다."

"그럼 나 공격수 한다? 근데 준규야, 너 뛰다가 갑자기 본 실력 나와서 들통나는 거 아냐?"

"저 연기 잘합니다. 소대장님이 비밀만 지켜 주시면 아무 문제없습니다."

"그래?"

하긴 상병되기 전까지 실력 숨기는데 성공했던 양준규인데 오죽할까.

대한은 양준규의 말에 고개를 끄덕이며 쉬는 시간이 찾아온 풋살장에 입장했다.

"하아! 물 좀 가져와."

"예, 박태현 병장님. 여기 물 가져왔습니다."

박태현이 후임이 가져다 준 얼음물을 벌컥벌컥 들이켜더니 몸에도 물을 뿌리기 시작했다.

뙤약볕에 웃통을 벗고 뛰다 보니 몸에 열기가 가득했다.

박태현이 몸에 물을 뿌리며 말했다.

"야, 수비 좀 똑바로 해라. 앞에서부터 막으라고 몇 번을 말했는데 왜 말을 안 듣냐? 개기냐?"

"아, 아닙니다! 체력적으로 한계가 와서 그런 것……."

"에에? 병장인 나도 힘든 타령 안 하는데 어디 짬찌가 체력 타령이야?"

"죄송합니다!"

"됐고, 나 담배나 한 대 줘라."

"예, 여기 있습니다."

장난기 가득한 말투이기에 절대 갈구는 게 아니었다.

박태현이 담뱃불을 붙인 순간, 대한이 박태현 옆에 슥 나타났다.

"태현아, 쌩쌩한 선수 안 필요하냐?"

"엇? 소대장님? 언제 오셨습니까?"

“이제 경례도 안 하네?”

“앗, 아닙니다. 충성!”

“농담이야. 아까부터 와서 구경하고 있었지.”

“아, 그러셨습니까. 근데 쌩쌩한 선수는 왜…… 혹시 풋살 하시고 싶어서 그러시는 겁니까?”

“응, 원래는 준규랑 같이 공이나 좀 차 볼까 하고 나왔는데 보니까 우리 애들이 지고 있어서 못 참겠더라고.”

“지다니 그게 무슨 말씀이십니까?”

“중앙선도 못 넘고 있던데? 지고 있던 거 아냐?”

“에이, 아닙니다. 마지막 도약을 위해 힘을 비축하고 있던 것뿐입니다. 2보 전진을 위한 1보 후퇴도 모르십니까?”

1중대와 2중대의 풋살 경기.

일명 주말 매치로 불리는 이 경기는 매주 종교 행사처럼 열리는 행사였는데 누군가 경기를 멈추기 전까진 절대로 끝나지 않는 악명 높은 경기이기도 했다.

그렇기에 주말 매치는 실력보다 마라토너와 같은 체력이 중요했다.

몇 시간이고 경기를 뛰다 보면 결국엔 체력이 바닥나 언제든 역전될 수 있는 게 주말 매치였으니까.

대한은 구석에서 숨을 침을 토하는 병사들을 보며 말했다.

“도약도 전에 날개 꺾여서 질 것 같은데 그러지 말고 나랑 준규 좀 껴 줘. 보니까 애들 체력도 바닥이더만.”

"저는 좋습니다. 근데……."

박태현이 근처에서 쉬고 있는 2중대를 보며 말했다.

"2중대에서 허락을 해 줘야 교체가 가능합니다. 쟤들도 바보가 아닌데 갑자기 교체 선수를 투입하면 별로 안 좋아하지 않겠습니까?"

일리 있는 말.

경기는 공정해야 했으니까.

그 말에 대한은 즉각 2중대 선수들이 있는 곳으로 향했고 가장 고참 되는 녀석에게 물었다.

"엇, 충성. 1중대 1소대장님 아니십니까?"

"어, 충성. 혹시 나랑 이등병 하나만 교체로 들어가도 될까?"

"교체…… 말씀이십니까?"

"응, 나도 별로 못 하고 쟤도 잘못해."

"어…… 그래도 체력은 남아도시지 않습니까?"

"철권 좀 하다 와서 정신은 좀 피곤한 상태야."

"그게 무슨……."

대한의 말에 2중대 풋살 인원들이 폐급 간부를 보는 듯한 표정으로 바뀌었다.

새끼들, 눈빛으로 사람 죽이겠네.

이럴 줄 알고 미리 협상 카드를 준비해 왔다.

"장난이고, 오늘 저녁 뭔지 아나?"

그 말에 2중대 후임 하나가 소리쳤다.

"금일 저녁 식사 메인 메뉴는 고등어 순살 조림입니다!"

고등어 순살 조림.

소위, 고순조라 불리며 현역, 전역자 할 것 없이 최악의 짬밥 메뉴로 꼽히는 것들 중 하나.

그 말에 아니나 다를까, 2중대는 물론 1중대 인원들까지 모두들 한숨을 푹푹 내쉬었다.

그래서 다행이었다.

그 고순조가 바로 대한의 협상 카드였으니까.

"애들아, 고순조 먹을래? 중국집 먹을래?"

"잘 못 들었습다?"

"나도 고순조 먹기 싫어. 그러니까 나 끼워 주면 저녁으로 중국집 쏠게. 대신 이긴 쪽은 탕수육 추가고 진 쪽은 탕수육 없고, 어때?"

"어? 진심이십니까?"

"당연히 진짜지. 내가 너네한테 거짓말해서 뭐 하겠냐."

병장은 순간 '애들이 많아서 돈이 만만찮을 텐데…….'라고 말하려다 바로 고개를 끄덕였다.

바보가 아닌 이상 이런 기회를 놓칠 이유가 없었으니까.

"좋습니다. 그렇게까지 해 주시는데 저희가 어떻게 거절할 수 있겠습니까."

"그럼 불만 없는 거지?"

"예, 그렇습니다! 1중대 아저씨! 교체 알아서 하고 들어와요!"

그 말을 들은 박태현의 눈이 휘둥그레졌다.

“소대장님, 어떻게 하신 겁니까?”

“자, 자, 다들 주목.”

“주목!”

박태현의 반응에 대한이 잽싸게 돌아와 주목을 외쳤다.

“나랑 준규가 교체 선수로 들어가는 조건으로 짜장면 쏘기로 했다. 이긴 팀은 탕수육 추가, 진 팀은 그냥 짜장면만. 그러니까 다들 이겨야겠지?”

“헉.”

“헐.”

“대박.”

“소대장님 최고십니다!”

대한의 말에 1중대 선수들의 사기가 순식간에 치솟기 시작했다.

덕분에 대한도 기분이 좋아졌고 양준규 옆으로 가서 축구화 끈을 묶기 시작했다.

그때 양준규가 조용히 말했다.

“저…… 소대장님.”

“응?”

“혹시 레슨 조금만 미뤄도 되겠습니까?”

“왜?”

“저 탕수육 먹고 싶습니다.”

"어허, 양 코치. 이런 식이면 곤란해? 원래 우리의 목적은 내 레슨이었어."

"그……렇긴 한데 오늘은 첫날이니까…… 헤헤."

넉살 좋게 웃어 보이는 양준규.

저렇게 웃는데 어떻게 뭐라고 할까.

대한이 어깨를 툭 치며 말했다.

"농담이야, 양 코치. 대신 피엑스는 없다?"

"예! 저는 탕수육이 더 좋습니다!"

교체 허락 받으려다 이렇게 레슨을 날려 버리게 되다니.

하지만 상관없었다.

꼭 오늘만 날인 건 아니었으니까.

게다가…….

'애들이랑 친해지면 좋지, 뭐.'

잠시 후, 양준규가 위풍당당하게 풋살장으로 들어가 1중대 팀원들에게 말했다.

"다들 탕수육 드시고 싶지 않으십니까?"

막내의 갑작스러운 물음에 다들 어리둥절한 표정을 짓는다. 모두를 대신해 박태현이 대신 대답했다.

"당연히 먹고 싶지. 왜?"

"그럼 저한테 공 몰아 주시면 감사하겠습니다."

"너한테? 너 축구 잘하냐? 너 공 차는 거 한 번도 못 봤는데?"

"저 학교 다닐 때 별명이 메시였습니다."

"이 새끼 이등병 주제에 이빨 까네. 너 그러다 못 하면 어쩌려고 그러냐?"

"그럼 탕수육은 제 사비로 사겠습니다."

"어?"

"오?"

그 말에 중대원들의 눈빛이 바뀌었다.

이렇게 되면 이기든 지든 상관없는 경기가 됐으니까.

그만큼 양준규는 자신 있었고 양준규의 말을 들은 박태현이 대한에게 말했다.

"저…… 소대장님 혹시 수비 잘하십니까?"

"왜?"

"준규가 공격수로 들어가면 수비 자리밖에 안 남아서 그렇습니다."

하 씨.

괜히 탕수육 사 준다고 했나?

여기서도 또 수비하라고?

하지만 중대원들의 표정이 너무 간절했다.

"괜히 탕수육 사 준다고 했나, 알겠다. 대신 이번만이야?"

"감사합니다, 소대장님. 충성!"

이윽고 경기가 시작됐다.

✵

위병소 면회실.

대한은 약속대로 중국집을 시켜 준 뒤 의자에 몸을 기대며 말했다.

“참 탕수육이 뭐라고…….”

밀리고 있던 1중대는 양준규의 참전으로 상황이 완벽하게 뒤집혔다.

양준규 혼자 1시간 동안 무려 7골이나 집어넣었기 때문이다.

“후후, 감사합니다. 소대장님.”

“너 때매 난 발에 공도 거의 못 스쳐본 것 같다.”

“대신 제가 1중대의 위신을 살렸지 않습니까.”

“그것도 맞지. 근데 아무리 그래도 밥은 내가 사는 건데 너무들 하는 거 아니냐?”

“하핫, 죄송합니다.”

“됐고 신문지나 깔아. 설마 신문지까지 나한테 시킬 건 아니지?”

“아휴, 아닙니다. 어떻게 그럴 수가 있겠습니까, 이따 짜장면 오면 비벼도 드리겠습니다.”

“왜? 아예 씹어서 먹여도 주지 그러냐?”

“그래도 되겠습니까?”

“지랄.”

두 사람의 대화에 대화를 듣던 중대원들이 빵 웃음을 터뜨렸다. 특히 박태현이 크게 만족해하며 양준규에게 물었다.

“야, 준규야. 너 축구 잘하더라. 이렇게 잘하는데 왜 그동안 참여 안 했냐?”

“에이 아닙니다. 오늘은 그냥 운이 좋았던 것뿐입니다.”

“지랄하네. 1시간 동안 7골을 넣는 운빨이 어딨냐? 보니까 발힘도 장난 아니더만. 그리고 너, 별명도 메시였다며?”

“그건 메시 닮아서 그런 겁니다.”

“개소리 한번 신박하게 하네. 암튼 고맙다. 덕분에 탕수육 먹게 됐으니까. 소대장님도 감사합니다. 덕분에 고순조 안 먹게 됐습니다.”

“그래그래, 많이들 먹어라. 전부 곱빼기 시켜 놨으니까.”

“크…… 소대장님 진짜 최고이신 것 같습니다. 만약 소대장님을 일찍 만났으면 전문하사 했을 것 같습니다.”

“그래? 지금도 안 늦었는데, 할래?”

“아잇, 장난입니다.”

이렇게 보니 박태현도 꽤 괜찮은 것 같다.

근묵자흑이라고 역시 어울리는 사람이 누군지가 중요한가 보다.

‘뭐, 좀 더 지켜봐야 알 일이지만.’

즐거운 짜장면 회식이 이어졌다.

✱

저녁 회식을 마친 박태현은 탕수육 회식을 자랑하기 위해 곽주진을 찾았다.

그런데 1생활관에 와 보니 열중쉬어 자세로 벽을 보고 있는 황재우를 발견하고는 미간을 찌푸렸다.

박태현이 티비 보는 곽주진 옆에 가서 앉아 말했다.

"야, 지겹지도 않냐? 재우는 왜 또 저러고 있어?"

"뭘? 저 새끼 때문에 나 오늘 물 한잔 못 마셨다고."

"물을 왜 못 먹어?"

"저 새끼 오늘 오후 내내 소대장이랑 논다고 자리 비웠었거든."

"그게 무슨 개소리야? 걔 없으면 물 못 먹어?"

"그럼 말년에 내가 가서 떠먹으리?"

"진짜 지랄이 짜다. 그러지 말고 가서 담배나 피우자. 주말인데 애가 불쌍하지도 않냐? 너 그러다 진짜 영창 가."

"불쌍하긴…… 야, 황재우!"

"일병 황재우!"

"담배 피고 올 테니까, 샤워 준비해 놔라."

"예, 알겠습니다!"

"가자."

샤워 준비라니…….

그 말에 박태현이 한숨을 내쉬며 고개를 내저었다.

흡연장에 도착한 박태현이 담뱃불을 붙이며 말했다.

"야, 근데 넌 진짜 안 무섭냐? 그러다 재우가 못 참고 너 찌르면 어쩌려고?"

"뭘, 찔러? 마편?"

"그래 이 새꺄. 내가 봤을 땐 넌 휴가 잘리는 걸 넘어서 최소가 영창감이야."

"영창은 개뿔……. 야, 그 새끼가 감히 날 찌를 순 있을 것 같냐? 그것도 깜냥이 돼야 하는 거지 그 병신 같은 새끼가 무슨……. 야, 그리고 마편 찔리는 애들은 다 애매하게 갈궈서 찔리는 거야. 할 거면 확실하게 해야지. 절대 못 깝치게 기를 팍! 죽여 놔야 하는 거라고."

"아, 예. 거 존나게 대단하십니다. 곽 병장님, 그래도 곧 집에 가실 텐데 몸조심 좀 하시는 게 낫지 않을까요? 말년엔 떨어지는 낙엽도 조심하라고 했는데요."

"제 걱정할 시간에 박 병장님이나 신경 쓰세요. 너도 애들 관리 잘해. 기어오르기 시작하면 답도 없다. 이런 건 우리 같은 사람들이 해 줘야 군대가 제대로 돌아가는 거야."

"저희 애들은 다 착합니다. 딱히 안 건드려도 안 기어올라요."

"사람 그렇게 쉽게 믿는 거 아니다."

"지랄, 네가 안 믿는 거겠지. 됐고, 그거 아냐? 아까 1소대장이 우리 짱개 시켜 준 거?"

"짱개? 언제?"

"풋살 끝나고 저녁에."

"시발 나는? 소대장 그 새끼 미친 거 아냐? 감히 나를 빼?"

"풋살한 사람들만 먹었는데 네가 왜 먹냐?"

"그럴 줄 알았음 나도 공 차러 나갔지. 저녁에 고순조 나온 거 모르냐?"

"넌 새꺄, 착하게 살아야 복을 받는 거야. 스으읍……."

박태현이 담배를 깊게 빨아 뱉은 후 말을 이었다.

"그보다, 너 내일 종교 행사 가냐?"

"미쳤냐? 그걸 가게?"

박태현은 의외로 기독교 신자였다.

그래서 매주 종교 행사에 참석했는데 그때마다 안 갈 걸 알지만서도 늘 곽주진에게 같이 가자고 권유했다.

"이번엔 오는 게 좋을 걸?"

"왜?"

"이번에 교회에서 햄버거 주거든."

"햄버거?"

"어. 올래?"

"햄버거 좋지. 근데 난 안 가."

"진짜 안 가? 싸이버거 준다는데?"

"안 가."

"안 가는데 왜 웃어?"

"그런 게 있어."

곽주진이 의미심장한 표정을 짓는다.

✻

다음 날, 일요일 오전.

황재우는 기독교 종교 행사에 참석하기 위해 교회로 향하고 있었다. 믿는 종교도 없는데 교회 행사에 가는 이유는 다름 아닌 부식 때문이었다.

하지만 표정이 별로 좋지 못했다.

그도 그럴 게 부식을 받더라도 황재우가 먹을 수 있는 것이 아니었으니까.

'살다 살다 햄버거 때문에 교회에 가게 되다니…….'

심지어 오후엔 불교에 가야 했다.

절에서도 햄버거를 준다고 했기 때문이다.

당연히 곽주진이 강제로 참석시킨 것이었고 거절은 할 수 없었다.

'그래도 이게 낫지. 생활관에서 하루 종일 벽 보고 있는 것보단.'

그때였다.

"야, 재우야."

"일병 황재우?"

곽주진 때문에 부대에서 황재우를 부르는 사람은 거의 없다.
그래서 황재우가 깜짝 놀라며 뒤를 돌아보았다.
박태현이었다.
"아…… 박태현 병장님."
"너 뭐야? 너 원래 교회 안 다니잖아?"
"아, 그렇긴 한데……."
대답 못 하는 황재우의 모습에 박태현의 눈이 가늘어진다.
"설마 주진이 햄버거 받으러 왔냐?"
"아, 아닙니다! 그냥 교회가 궁금해서 한번 참석해 본 것뿐입니다."
그러나 그 말을 누가 믿을까.
박태현이 한숨을 푹 내쉬며 말했다.
안 봐도 뻔했으니까.
"미친놈…… 설마 했더니 진짜로 보낼 줄이야."
"지, 진짜 아닙니다! 제가 오고 싶어서 온 겁니다."
"그 말을 누가 믿냐? 그리고 교회에서 거짓말하는 거 아니다."
"그, 그게……."
"됐다, 네 사정 뻔히 아는데. 온 김에 기도나 열심히 해. 혹시 아냐 주진이 영창 갈지."
"그, 그런 기도 안 합니다. 박태현 병장님."
끝끝내 자신의 말을 부정하는 황재우에게 박태현은 딱함을 느꼈다.

하지만 자신이 해 줄 수 있는 건 아무것도 없었다.

떨어지는 낙엽도 조심하라는 말년인 것과는 별개로, 황재우는 다른 분대인데다가 동기의 후임이었으니까.

'미안하다. 그래도 조금만 참아라. 곧 있으면 주진이 전역하니까.'

박태현이 황재우의 어깨를 토닥여 준 뒤 교회로 들어간다.

⁂

그 시각.

대한은 부대 앞에서 누군가를 기다리고 있었다.

"저기 오네."

멀리서 보이는 것.

오토바이였다.

정확히는 퀵 서비스.

"김대한 씨?"

"예, 맞습니다."

"착불입니다. 요금은 4만 원입니다."

"여기 있습니다."

퀵 요금 4만 원.

그러나 대한은 쿨하게 결제했다.

오늘 꼭 받아야 하는 것이 있었기 때문이다.

대한은 기사님이 주신 작은 박스를 들고 BOQ로 향했다.

숙소에 도착한 대한은 즉시 상자를 열어 보았고 그 안에서 초소형 녹음기를 확인할 수 있었다.

"오 정말 작긴 작네."

초소형 녹음기를 구매한 이유는 황재우에게 주기 위함이었다. 뭐가 됐든 녹취만큼 확실한 증거는 없었으니까.

물론 녹음기는 반입이 금지된 물품이긴 했다.

이유는 보안 때문.

하지만 별로 신경 쓰지 않았다.

일단 이영훈이 허락한 것도 이유라면 이유였지만 대한이 인사과장을 지내면서 느낀 것 중에 하나가 바로 알려진 사실과 실제 징계는 많이 다르다는 것이었으니까.

예컨대 녹음기 반입의 경우엔 마땅한 징계 기준조차 없었다.

그래서 굳이 녹음기 반입에 대한 징계 처분을 내리고 싶다면 대부분은 반입하지 말라는 물품을 반입했다는 걸 구실로 하여 복종 의무 위반으로 징계를 내렸다.

'그리고 그 수위는 끽해야 근신에서 끝난다.'

이유는 녹음기 반입은 굳이 따지자면 비행의 정도가 가볍고 경과실에 해당했으니까.

이밖에도 다른 이유를 대라면 황재우의 경우, 자신의 몸을 지키기 위해 녹음기를 사용했으니 과실로 잡기 힘들 것이고.

또 병사가 실질적으로 군사기밀을 유출시키기에는 장소적인 한계가 있었다. 애초에 기밀이 있는 지휘통제실에는 병사가 드나들기 힘들었으니까.

녹음기 테스트를 마친 대한은 녹음기를 들고 서둘러 대대 막사로 가 황재우를 찾았다.

그런데 생활관에는 아무도 없었다.

'뭐지? 곽주진이 데리고 나갔나? 그럴 리가 없는데…….'

대한은 혹시나 하는 마음에 행정반으로 가 위치 현황판을 확인했다.

그러나 현황판은 늘 그렇듯 최신화 따윈 되어 있지 않았다.

그때, 화장실에 다녀온 곽재훈이 전투복 차림으로 나타났다.

"소대장님? 주말에 어쩐 일이십니까?"

"음? 너 오늘 근무냐?"

"예, 동원 준비로 보급관님이 시키고 가신 게 많아서 그냥 근무 서면서 하려고 근무 바꿨습니다."

역시.

곽재훈.

머리가 좋았다.

대한도 한때 일이 많을 때는 일부러 당직을 몰아선 적이 있었기 때문이다. 그래야 당직 후에 바로 쉴 수 있었으니까.

"역시 일머리가 있네. 그건 그렇고 혹시 재우 어디 갔는지 아나?"

"그런 거라면 위치 현황판에…… 아, 안 했구나. 그럼 그렇지."

"찾으면 간부 연구실로 좀 보내 줘. 부탁할게."

"예, 금방 보내 드리겠습니다."

"어, 고생해라."

이윽고 간부 연구실로 들어가자 방송이 흘러나왔다.

―흑흑, 행정반에서 전파합니다. 일병 황재우는 지금 즉시 행정반으로 오시기 바랍니다. 이상 전달 끝.

그로부터 얼마 뒤, 누군가 간부 연구실 문을 두드렸다.

곽재훈이었다.

곽재훈이 어색하게 웃으며 말했다.

"저…… 소대장님?"

"어, 재훈아. 재우 찾았냐?"

"저 그게……."

"뭔데? 뭔데 그리 뜸을 들여?"

"방금 들은 건데 재우가 곽주진 병장 대신에 종교 행사에 갔답니다."

"……뭐?"

대한은 순간 자신의 귀를 의심했다.

저게 무슨 말이야?

대한이 재차 되물었다.

"종교 행사를 왜 대신 가? 대리 기도라도 보낸 거야?"

"그게…… 오늘 교회에서 부식으로 햄버거를 준다고 했답니다."

"하……."

대리 기도가 아니었다.

햄버거 때문이었다.

미친놈.

고작 햄버거 하나 때문에 그런 짓거릴 시켜?

그때, 이제 막 교회에서 복귀한 황재우가 곽재훈 앞에 나타났다.

"곽재훈 상병님? 행정반에서 저 찾았다고 들었습니다."

"어? 소대장님, 재우 왔습니다. 지금 막 복귀한 모양입니다."

"들어오라 그래. 재훈이는 가 보고. 수고했어."

"옙, 충성."

이윽고 곽재훈을 대신해 황재우가 들어왔다.

손에는 곽주진의 햄버거를 든 채로.

그 모습을 본 대한이 눈살을 찌푸리며 물었다.

"그거 곽주진 거라며?"

"어, 어떻게 아셨습니까?"

"소대장이 모르는 게 있냐? 에휴, 여기 앉아 봐."

마음 같아선 햄버거 안에 침이라도 뱉어 주고 싶었지만 굳이 병사 앞에서 품위 떨어지게 그러고 싶지 않았다.

대신 가져온 녹음기를 황재우에게 주며 말했다.

"받아, 초소형 녹음기야."

"노, 녹음기 말씀이십니까?"

"어. 이거 전투복 윗주머니에 넣어 다녀. 동원 훈련 끝나면 나한테 돌려주고."

"녹음기를…… 가지고 다니라는 말씀이십니까?"

"현장 녹취로 증거 만들려고. 그게 제일 확실하잖아."

"하, 하지만 이건 반입 금지 물품 아닙니까?"

"표면상으론 그렇지만 녹음기는 징계 기준도 없을 만큼 애매해. 그리고 이거 중대장님도 허락하신 거니까 걱정 안 해도 돼. 뭔 일 있으면 나랑 중대장님이 책임질게."

그 말에 황재우는 순간 아무 말도 못 했다.

자기 때문에 그런 위험을 감수해 준다는 사실에 짐짓 감동을 먹었기 때문이다.

"너무 그런 표정 지을 것 없어. 오히려 이런 부탁을 해서 미안하지. 네가 고생이 많다. 여러 이해관계 때문에 고통받고 있는 걸 알면서도 즉각 처리도 못 해 주고."

"아닙니다. 전 괜찮습니다."

"괜찮기는, 요번에 보니까 주말에도 엄청 고생하던데…… 그보다 너, 햄버거 먹고 싶지?"

"아, 아닙니다! 저 원래 햄버거 별로 안 좋아합니다!"

"햄버거 5개는 먹게 생겨 가지고 안 좋아하긴 퍽이나 안 좋아하겠다. 진짜 안 좋아해?"

"지, 진짭니다! 제가 빵을 싫어해서……."

"너 자꾸 거짓말할래? 저번에 빵식 세 번 먹는 거 봤는데?"

"……."

외통수였다.

그 말에 황재우가 꿀 먹은 벙어리가 되자 대한이 피식 웃으며 휴대폰을 꺼내 들었다.

"재훈이랑 밥 먹고 와. 햄버거 시켜 놓을 테니까."

"밥도 먹고 햄버거도 먹습니까?"

"당연히 짬밥은 패스하고 와야지."

"겨, 결식해도 되겠습니까?"

"원래는 안 되는데 이번에만 결식하고 와. 재훈이꺼도 시켜 놓을 테니까 미리 말해 주고. 간부 연구실로 바로 오면 된다."

그 말에 황재우가 자기도 모르게 침을 꼴깍 삼켰다.

그런데 그 소리가 어찌나 크던지, 그 생생한 소리에 대한이 피식 웃으며 말했다.

"햄버거 싫어하기는 개뿔이…… 침 삼키는 소리가 다 들린다야."

"하핫…… 죄송합니다. 사실 햄버거가 너무너무 먹고 싶었습니다."

"다음부턴 물어보면 바로바로 대답해라. 쓸데없이 겸손 떤다고 거절하지 말고. 그리고 상관한테 거짓말하게 돼 있냐?"

"아닙니다. 죄송합니다."

"죄송할 것까지는 없고 가서 햄버거 갖다 놓고 얼른 식당 다녀와. 나 배고프다."

"예, 알겠습니다! 금방 다녀오겠습니다!"

"그래."

황재우는 서둘러 베레모를 쓰며 간부 연구실을 벗어났고. 대한은 휴대폰으로 메뉴를 고르다 문득 생각했다.

'아, 햄버거 몇 개 먹냐고 물어봤어야 했는데.'

대한은 얼마간의 고민 끝에 황재우의 몫으로 세트 4개를 시켜 주기로 했다.

⁕

다음 날.

드디어 동원 훈련이 있는 주가 시작되었다.

동원 훈련은 화, 수, 목 3일간 진행되니 어찌 보면 오늘이 훈련 준비를 할 수 있는 마지막 날인 셈.

하지만 분주할 것 같은 1중대는 굉장히 조용했다.

'준비가 잘된 부대일수록 조용한 법이니까.'

숙제도 안 해 온 놈이 난리라고, 미리미리 숙제를 해 온 학생들은 평화로운 쉬는 시간을 보내기 마련.

특히 대한이 속해 있는 1중대에는 차기 대대 주임원사로 거론되는 '박태록 상사'가 행정 보급관으로 있어 더더욱 여유가 넘쳤다.

아침 조회를 마친 대한은 간부 연구실에서 일과표를 확인하고는 곧장 행정반으로 향했다.

문을 열자 향긋한 커피 향이 행정반에 가득했다.

보급관 박태록이 마시고 있는 커피에서 나는 것이었다.

대한이 먼저 인사했다.

"보급관님, 좋은 아침입니다."

"오, 소대장님 오셨습니까?"

대한의 인사에 커피를 홀짝이며 가볍게 인사를 받는 행정 보급관. 저런 모습은 절대로 실례가 아니었고 당연히 불만을 가져서도 안 됐다.

'하지만 이따금씩 행보관한테 왜 위계질서 안 지키냐고 대드는 소위들이 있지.'

부대마다 흔하게 내려오는 전설 같은 이야기지만 놀랍게도 대한은 그 전설을 가까이서 들은 적이 있다.

바로 동기인 윤지호가 그런 사고를 친 것이다.

'윤지호 그놈 이번에는 안 그래야 할 텐데.'

뭐 알아서 하겠지.

이런 것까지 챙겨 줄 필요는 없을 테니까.

대한이 넉살 좋은 미소로 물었다.

"보급관님? 혹시 동원 훈련 관련해서 제가 뭐 도와드릴 것 없습니까?"

"하하, 소대장님 덕분에 사열도 안 하는데 여기서 더 도와주시면 저는 놀아야 됩니다."

박태록의 흐뭇한 미소.

그의 입장에서 대한은 아주 마음에 드는 장교였다.

그도 그럴 게 군 생활을 열심히 하려는 의지도 보였고, 부사관들에게 예의를 지켜 존중해 준다는 느낌이 들었으니까.

박태록이 사람 좋은 미소를 지으며 커피를 권했다.

"커피 한잔하시겠습니까?"

"주시면 감사히 먹겠습니다."

"들어오시죠."

박태록은 보급관실로 대한을 안내했다.

소위들은 좀처럼 보급관실에 들이지 않는 양반인데 대한이 어지간히 마음에 든 모양.

보급관실에 들어온 대한이 추억에 젖은 얼굴로 보급관실 내부를 살폈다.

'여기도 참 오랜만에 보네.'

부대마다 다르겠지만 대한이 근무하던 대대에는 보급관실이 존재했다.

특히 박태록의 보급관실은 중대장실보다 훨씬 좋았는데, 면담을 위해 놓인 소파나 티 테이블, 흡연을 위한 재떨이와 간이침대 등의 퀄리티가 남달랐다.

'보면 은근히 브랜드나 수제란 말이야.'

그뿐이랴?

음료수는 물론 믹스 커피의 종류도 다양했는데 중요한 건 이곳을 구성하고 있는 모든 것들이 본인 돈 한 푼 들이지 않고 마련했다는 것.

'이래서 보급관은 인맥이 중요하지.'

대한은 짐짓 놀란 얼굴을 하며 호들갑을 떨었다.

"이야…… 보급관님, 어째 중대장님 계시는 곳보다 보급관님 방이 더 좋은 것 같습니다."

"허허, 제가 1중대 보급관만 4년째입니다. 이 정도는 기본이죠."

"역시…… 행정 보급관은 부대의 어머니라더니 여기만 봐도 보급관님이 얼마나 대단한 분인지 알 수 있는 것 같습니다."

대한의 말에 박태록은 기분 좋게 웃음을 터뜨렸고 종이컵 하나를 꺼내 직접 믹스커피를 타 주기 시작했다.

"소대장님은 항상 파이팅이 넘쳐서 보기 좋은 것 같습니다. 그래도 혹시 요즘 힘드신 건 없으십니까?"

"다들 너무 잘해 주셔서 아직은 없는 것 같습니다."

"다행이네요. 사실 제가 봐도 그래 보였거든요. 빈말이 아니라 소대장님은 제가 본 신임 소대장들 중에 가장 센스가 있으십니다."

"감사합니다. 앞으로 더 잘할 수 있도록 노력하겠습니다."

그 까다로운 박태록의 칭찬이라.

그의 칭찬을 듣자 새삼 2회차는 2회차구나 싶었다.

전생에는 박태록에게 참 많은 눈총을 받았었으니까.

분위기가 좋다.

그렇기에 대한은 이때를 적기라 판단하고 아침부터 행정반에 온 목적을 조심스럽게 꺼내기 시작했다.

"저, 보급관님."

"예, 소대장님."

"실은 보급관님께 제가 긴히 드리고 싶은 말씀이 하나 있습니다."

"긴히 드리고 싶은 말씀이라…… 뭘까요?"

사뭇 진지해진 대한의 표정에 덩달아 박태록의 표정도 진지해졌다. 아니, 정확히는 긴장일 것이다.

누구든 이런 목소리로 서두를 꺼내면 긴장하기 마련이니까.

특히 군대에서는 더더욱.

대한이 말했다.

"그게…… 제가 최근에 소대원들 면담을 진행하다가 저희 소대에 불미스러운 일들을 발견해서 조용히 처리 중에 있습니다."

"불미스러운 일이요?"

"예, 분대장 하나가 후임병을 지독하게 괴롭히고 있는 것을 발견했고 확실한 처벌을 위해 증거를 모으는 중에 있습니다."

대한의 말이 끝난 순간, 대한은 손에 종이컵을 든 채 딱딱하게 굳은 박태록을 볼 수 있었다.

표정만 보면 지금 당장 그 분대장을 찾아 찢어 버릴 기세.

박태록이 화를 삭이기 위해 눈을 감더니 이내 곧 천천히 눈꺼풀을 들어올리며 말했다.

"곽주진이 이놈, 내가 그렇게 잘해 줬는데 어떻게…… 곽주진이 맞지요? 소대장님?"

"예, 맞습니다."

"내 이 새끼를 그냥……!"

"진정하시죠, 보급관님. 지금은 안 됩니다."

"증거 때문에 그렇습니까? 괜찮습니다. 피해자만 확보되면 증거는 없어도 만들 수 있는 거고 설령 만들지 못했다 하더라도 병사 하나 잡아 족치는 건 일도 아닙니다."

"예, 저도 그건 압니다. 하지만 이건 중대장님도 알고 계신 사항입니다. 그럼에도 제가 보급관님께 말씀드린 건 병력들 관련하여 보급관님께서 모르시는 게 있으면 안 되시니 미리 말씀드린 것입니다. 그리고 결정적으로 보급관님께 부탁드릴 것도 있구요."

제법 논리 정연한 근거에 박태록은 일단 흥분을 가라앉히며 말했다.

"부탁이요?"

"예."

"어떤 부탁입니까?"

"1소대 1분대를 그냥 가만히 방치해 주시면 됩니다."

"방치요? 그게 제가 돕는 겁니까?"

"예. 말이 좀 이상하게 들릴 순 있으나, 보급관님이 꼼꼼하지만 않으셨다면 부탁드리지도 않았을 겁니다."

"흐음……."

박태록은 단번에 대한의 말을 이해했다.

그는 항상 훈련 전이면 병사들의 상태를 검사하고는 했으니까.

내무 사열이 대표적인 예였는데 평시에는 일절 병사들을 터치하지 않았으나 훈련 전은 달랐다.

평시에 잘하고 있었냐를 검사함과 동시에 훈련 준비 상태를 점검했다. 그리고 그중에는 소지품 검사도 포함되어 있었고.

그래서 이런 부탁을 하는 것이다.

'갑자기 내무 사열이라도 실시해서 녹음기가 걸리면 안 되니까.'

일부러 녹음기에 대한 언급은 하지 않았다.

이런 건 아는 사람이 적을수록 좋은 법이니까.

그 말에 박태록이 흡족함에 고개를 끄덕였다.

'오랜만에 진짜 소대장 같은 소위가 들어왔구만.'

마치 군 생활을 십 년은 넘게 한 듯한 노련함이 느껴진달까…….

그렇기에 이번만큼은 소대장을 한번 믿어 보기로 했다.

"무슨 말씀이신지는 잘 알겠습니다. 그나저나 가해자가 곽주진인 건 알겠는데 피해자는 누구입니까?"

"황재우 일병입니다."

"……그렇군요. 혹시 재우가 어떤 괴롭힘을 당했는지 말씀해 주실 수 있겠습니까?"

이 정도는 괜찮다.

오히려 행보관의 분노를 자극할 수도 있었고.

대한은 박태록에게 지금껏 있었던 일들을 모두 설명했다.

황재우와의 면담에서 발견한 곽주진의 부조리와 주말 간 보고 들은 일들, 또 행정병인 곽재훈과의 거래 같은 것들을.

박태록은 중간에 대한의 말을 한 번도 끊지 않고 경청했고 대한의 말이 끝난 후에도 한참 동안이나 말을 아꼈다.

대한에게 타 준 커피가 다 식어 갈 때쯤, 박태록이 목을 가다듬으며 말했다.

"재훈아! 들어와 봐라!"

밖에서 박태록의 눈치를 보고 있던 곽재훈이 서둘러 보급관실 문을 열었다.

"부르셨습니까, 보급관님."

"병장들 휴가 정리해 놓은 것 좀 프린터 해서 가져와라."

"예, 알겠습니다."

잠시 후, 곽재훈의 키보드 두드리는 소리가 들렸고 그 틈에 대한이 조심스레 물었다.

"저…… 보급관님? 휴가는 왜 그러십니까?"

“제가 그동안 주진이한테 준 휴가가 좀 많아서 이참에 다 회수해 오려고 합니다.”

“아!”

원칙적으로 행정 보급관이 줄 수 있는 휴가는 없다.

지휘관이 아닌 이상 휴가를 부여할 순 없으니까.

하지만 그렇다고 아예 방법이 없는 건 아니다.

‘대대장님이나 중대장님한테 직접 찾아가서 병사를 칭찬하면 지휘관 입장에서는 휴가증을 줄 수밖에 없지.’

어차피 징계를 받으면 휴가야 잘리겠지만 아직 반영시키지 않은 휴가들도 있기에 우선은 그것부터 회수하겠다는 것.

‘나 같아도 괘씸해서 휴가 회수하지.’

회수할 만 했다.

왜냐면 박태록이 얻어다 준 휴가는 대부분 자기보다 어린 상급자에게 가서 아쉬운 소리를 해 가며 받아다 준 것들이니까.

역시 행정 보급관.

짬바가 달랐다.

하지만 대한은 그것보다 더 좋은 방법을 알고 있었다.

“보급관님, 저한테도 좋은 생각이 있는데 한번 들어 보시겠습니까?”

“좋은 생각이요?”

대한은 생각해 놓았던 처벌을 박태록에게 설명했고 그 말을 들은 박태록이 흡족함에 고개를 끄덕였다.

아니, 얼굴에 미소가 만발했다.

대한의 의견이 아주 마음에 들었기 때문이다.

✻

그 시각 1중대 창고.

훈련 준비를 마친 조용한 부대에서 유일하게 시끄러운 곳이었다.

"야, 빨리 안 해? 하여튼 이등병 새끼들은 주말만 지나면 존나게 빠져 있다니까?"

"아닙니다!"

"그럼 빨리 끝내 개새끼들아."

곽주진의 욕설은 분대를 가리지 않고 모두에게 적용됐다.

그러나 한껏 폭언을 쏟아 냈음에도 곽주진의 기분은 좀처럼 나아지지가 않았다.

'하, 씨발. 소대장이 짬지 새끼라서 이런 개 같은 일들이 떠밀려 오네.'

원래라면 하지 않아도 될 일이었지만 신임 소대장인 대한이 창고를 잘 모를 수도 있어 작업하는 김에 잘 가르쳐 주라고 창고 정리 지시를 받게 된 것.

이해는 됐다.

훈련을 앞두고 창고에 무엇이 있는지 알아야 나중에 필요하면 가져다 쓸 수 있을 테니까.

하지만 이해는 이해고 불만은 불만이었다.

폭언을 쏟아 낸 곽주진이 구석에 앉아 쉬고 있는 박태현에게 다가가 불만을 쏟아 냈다.

“아, 쓰벌. 쏘가리가 편하긴 한데 이런 건 참 귀찮단 말이야.”

“뭐, 어때. 어차피 우린 일 안 하잖아.”

“우리가 일을 왜 안 해? 지휘도 엄연히 일인데. 아니 근데 이 새끼는 모르면 와서 시키는 걸 보기라도 해야지, 쏘가리 새끼가 처 빠져 가지고 어딜 자꾸 처돌아다니는 거야? 우린 지 때문에 고생 중인데.”

“아까 행정반 가는 것 같던데?”

“작업하기 싫어서 짱 박히러 갔나, 살살 기길래 봐주려고 했더니만 이 새끼를 진짜 어떻게 하지? 하, 시발. 내 밑으로 들어왔으면 진짜 지옥을 맛보게 해 주는 건데.”

그 말에 박태현은 그저 어색하게 웃었다.

여태까진 적당히 듣고 넘어 갔지만 주말에 본 황재우의 종교 부조리를 보곤 생각이 좀 바뀌었기 때문이다.

그는 독실한 기독교인이었으니까.

박태현이 속으로 한숨 쉬며 생각했다.

‘어차피 곧 나갈 텐데 좀만 참자. 나가선 안 볼 새끼니까.’

그렇게 곽주진은 자기도 모르는 사이 박태현과 선이 그어졌다. 그러나 그런 사실을 모르는 곽주진은 반응 없는 박태현이 재미없게 느껴졌는지 다른 흥밋거리를 찾았다.

황재우였다.

"야, 재우야."

"일병 황재우!"

"넌 새끼야, 어째 작대기 하나를 더 달았는데도 이등병들보다 일을 못 하는 것 같냐? 짐승 새끼야?"

"……죄송합니다."

"아니, 죄송할 게 아니라 제대로 좀 해 봐라. 저기 준규 좀 봐라. 일병 달더니 훨훨 날아다니잖아."

이후에도 곽주진의 폭언은 끝나지 않았다.

하지만 황재우는 참았다.

땀을 뚝뚝 흘리며 묵묵히 짐을 옮겼다.

이따금씩 전투복 상의 주머니에 넣어 둔 녹음기를 옷 위로 만지작거리면서.

다음 권으로 이어집니다